Ilustraciones: Eduardo Trujillo y Marcela Grez
Maquetación: DPI Comunicación S.L.
© TODOLIBRO EDICIONES, S.A.
C/ Campezo, s/n - 28022 Madrid
Tel.: 913 009 115 - Fax: 913 009 110
ediciones@todolibro.es
Impreso en la UE

Cuentos

de

Andersen

TODOLIBRO

La Sirenita

Hace muchos años, cuando el fondo del mar tenía hermosos palacios de mármol y coral habitados por sirenas, existió una, la más hermosa de todas.

Era la más joven de las seis princesas-sirenas que vivían en aquel palacio encantado en el fondo de las aguas. Tenía el cutis de rosa y los ojos tan azules como el agua marina; pero se sentía desgraciada.

—Mamá —preguntó un día
la sirenita a su madre—,
¿cuándo podremos salir a la
superficie para admirar las cosas
tan bellas que hay en la tierra?
—Cuando tengáis quince años —le
respondió su madre—. Entonces
podréis sentaros sobre las rocas a
la luz de la luna y admirar los barcos
que cruzan los océanos.
Pero la pequeña, no pudiendo
contener su impaciencia, nadó
hacia la superficie sin que nadie
la viera.
El mar estaba bastante
agitado y la
sirenita, llena de
espanto, vio
cómo un
barco se
estrellaba

contra los arrecifes. De pronto,
escuchó la voz de un joven que
pedía socorro.

La pequeña nadó hacia él y lo tomó
por los cabellos, antes de que se
hundiera.

—Se ha desmayado —se dijo la
sirenita—. Procuraré mantenerlo a flote
y llevarlo hasta la playa.

Cuando salió el sol, los hombres y las
mujeres de la ciudad encontraron al
joven en la playa. La sirena,

escondida detrás de unas rocas, observó los gestos de alegría de la muchedumbre.

—¡Nuestro príncipe se ha salvado! —gritaron.

La sirenita vio también que el príncipe sonreía a los que lo aclamaban y que, muy satisfecho, entró con ellos en un gran palacio blanco.

La sirenita, un poco triste por no haber recibido las gracias de su protegido, volvió de nuevo al fondo del mar y no pudo sonreír desde entonces.

—¿Qué es lo que has visto en la superficie? —le preguntaron curiosas sus hermanas.

Pero ella no les respondió. Siempre había sido silenciosa y pensativa, pero en lo sucesivo lo fue aún más. Procuró distraerse cuidando las bellísimas flores de su jardín

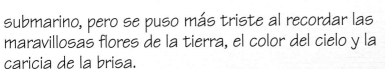

submarino, pero se puso más triste al recordar las maravillosas flores de la tierra, el color del cielo y la caricia de la brisa.

Muchas veces subió a la superficie, en las noches de luna, pero nunca volvió a ver al príncipe.

Un día, no pudiendo soportar más su pena, contó a sus hermanitas lo que había sucedido.

—Si pudiera caminar por la tierra —les dijo—, iría a buscar al príncipe y no me apartaría de su lado.

—Quizá consigas lograr tu deseo —dijo un pulpo que había estado escuchando—, si haces una visita a la bruja que vive en la cueva de los acantilados.

La sirenita fue hasta aquella cueva y encontró a la bruja. Ésta le preguntó con voz desafinada:

—¿Qué quieres de mí?

—Quisiera tener dos piernas como las princesas de la tierra.

—Te has enamorado del príncipe, ¿no es cierto?

—Sí —respondió la sirenita con voz trémula.

—Te ayudaré —prometió la bruja—. Conseguiré que tu cola de pez se convierta en un par de robustas piernas, pero tú, a cambio, tendrás que darme algo.

—Te daré lo que desees —dijo la sirenita—; todo el oro que hay en el mar, collares de perlas y de coral…

—¡Bah! —interrumpió la bruja—. Todo eso no me interesa. Lo que quiero es tu voz.

—Pero si me quitas la voz —replicó la sirenita—, ¿cómo podré hablar con el príncipe?

—En tus ojos leerá lo que sientes, sin necesidad de palabras.

—De acuerdo —se resignó la sirena—. Te daré mi voz a cambio de las dos piernas que me permitirán ir hasta donde el príncipe.

—Toma este brebaje —dijo la bruja, ahora con la dulce voz que le había donado la sirena—, y verás cumplidos tus deseos.

La princesita-sirena bebió el brebaje de la bruja y su cola de pez desapareció para dar paso a un par de esbeltas piernas. Luego, después de caminar entre bosques y montañas, llegó a la ciudad. Encontró que en el palacio del príncipe estaban celebrando una fiesta.

—No te dejarán entrar, muchacha —le dijo un conejito curioso que estaba en la puerta.

«¿Por qué no?», se dijo la sirena. «Mi traje es tan hermoso como el de esas damas que bailan en el salón.»

Tal como lo supuso, los soldados centinelas, al verla tan bonita y elegante, se apartaron para abrirle paso.

El príncipe quiso bailar con aquella joven tan

bellísima y elegante. La sirena accedió emocionada, con una angelical sonrisa.

—¿Cómo te llamas tú? —interrogóle el príncipe.

Pero la sirenita, como se había quedado muda, no pudo responder.

—¿Eres muda? —volvió a preguntar el príncipe.

La sirenita, llorando de pena, afirmó con la cabeza.

—Ven —le dijo el príncipe después del baile—, quiero que conozcas a mi novia. Es una princesa muy bonita como tú, y me voy a casar con ella.

La sirena hubiera querido gritar: «¡Yo también te quiero! ¡Yo te salvé de morir ahogado!».

Pero como no tenía voz, nada pudo decir.

Pasados unos días, el príncipe se casó con la bella princesa que había venido de un remoto país.

La sirena tuvo que conformarse con llevar la cola del albo vestido de novia.

Las campanas sonaban con ritmo de fiesta, pero para ella resonaban tristemente.

Los novios se embarcaron en una hermosa nave y la sirena fue a despedirlos a la playa. Y allí se

quedó hasta el anochecer. Sus hermanas,
que salieron a la superficie, le dijeron:
—No llores más, hermanita.
Nosotras, las sirenas, no podemos
conquistar el amor de un ser
humano. Debes resignarte.
La bruja devolvió la
cola de pez a la
sirena y las seis
hermanas volvieron
al fondo del mar.

Y en las noches de luna, la sirenita
enamorada vuelve a salir a la superficie a
espiar el paso de los barcos.

Desfilan muchas naves, pero en ninguna viaja
el príncipe a quien un día salvó la vida y por
quien languidece de amor.

La pastora de porcelana

¿Habéis visto alguna vez uno de esos armarios antiguos, ennegrecidos por el tiempo, con sus volutas y su follaje? Pues uno así había en la sala: venía de la tatarabuela y de arriba abajo estaba adornado con tallas de rosas y tulipanes. Pero lo más extraordinario eran las volutas, de donde sobresalían pequeñas cabezas de ciervos con sus grandes cuernos. En el centro del armario veíase tallado un hombre de aspecto singular: siempre burlándose, aunque no podía decirse que se riera. Tenía patas de macho cabrío, unas astas pequeñas en la cabeza y una barba larga. Los niños lo llamaban «el Gran-general comandante-en-jefe-Pata-de-Chivo», un nombre que podrá parecer largo y difícil, pero un título con el que pocos se han honrado hasta hoy. Allí estaba, siempre fijos sus ojos en la consola colocada debajo del espejo grande, en la que había una linda pastora de porcelana. Llevaba zapatitos dorados, un vestido adornado con una rosa fresca, un sombrero de oro y un cayado de pastor. A su lado, había un pequeño deshollinador, negro como el carbón, pero

igualmente de porcelana. También era gentil y, en realidad, lo de deshollinador sólo lo representaba. El fabricante de porcelana lo mismo hubiera podido hacer de él un príncipe, ¡qué más daba!

Sostenía con gracia su escalera en la espalda, y su cara era sonrosada y blanca como la de la niña; lo que no dejaba de ser un defecto que se habría debido evitar poniéndole un poquito de hollín. Estaba casi tocando a la pastora: los habían colocado en aquel sitio y allí se

habían hecho novios. Habían
nacido el uno para el otro:
eran jóvenes de la misma
porcelana e igualmente
quebradizos y frágiles.

No lejos de ellos, había otra
figura tres veces mayor: un
viejo chino que movía la cabeza.
Él también era de porcelana;
pretendía ser el abuelo de la
pastorcilla, pero nunca había
podido probarlo. Aseguraba que
tenía plena autoridad sobre ella y
por eso respondió con una amable
inclinación de cabeza el Gran-
general-comandante en-jefe-
Pata-de-Chivo, cuando éste le
pidió la mano de la pastora.

—¡Vaya marido que vas a
tener! —dijo el Viejo Chino—.
¡Vaya marido! Estoy casi
convencido
de que es de
caoba.

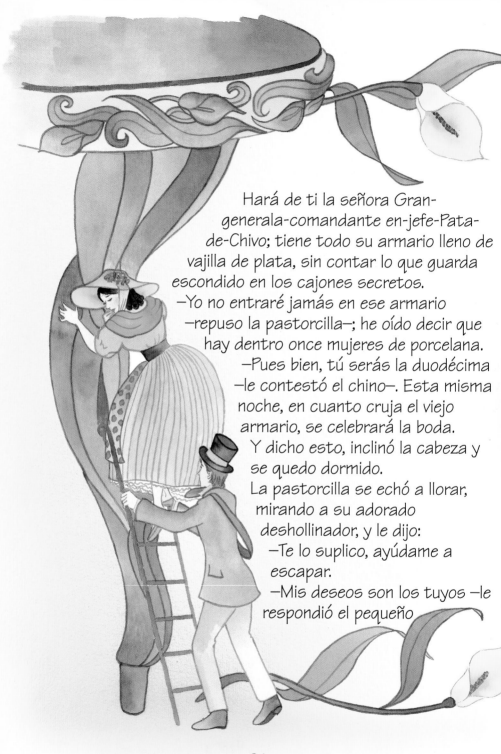

Hará de ti la señora Gran-
generala-comandante en-jefe-Pata-
de-Chivo; tiene todo su armario lleno de
vajilla de plata, sin contar lo que guarda
escondido en los cajones secretos.

—Yo no entraré jamás en ese armario
—repuso la pastorcilla—; he oído decir que
hay dentro once mujeres de porcelana.

—Pues bien, tú serás la duodécima
—le contestó el chino—. Esta misma
noche, en cuanto cruja el viejo
armario, se celebrará la boda.

Y dicho esto, inclinó la cabeza y
se quedo dormido.

La pastorcilla se echó a llorar,
mirando a su adorado
deshollinador, y le dijo:

—Te lo suplico, ayúdame a
escapar.

—Mis deseos son los tuyos —le
respondió el pequeño

deshollinador—. Huyamos ahora mismo; estoy seguro de que podré mantenerme con mi oficio.

—¡Si pudiéramos bajar de la consola sin contratiempos! —dijo la pastora—. No me sentiré tranquila hasta que no estemos fuera de aquí.

El deshollinador se esforzó por tranquilizarla y le enseñó cómo tenía que poner sus piececitos en los labrados rebordes de la consola y en el dorado follaje de la pata. No tardaron en llegar al suelo. Pero al volverse hacia el viejo armario, vieron que reinaba en él una gran agitación.

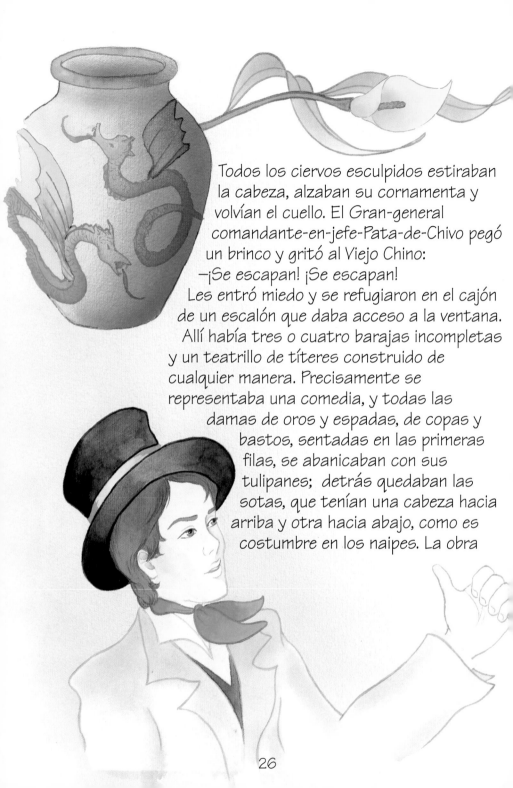

Todos los ciervos esculpidos estiraban
la cabeza, alzaban su cornamenta y
volvían el cuello. El Gran-general
comandante-en-jefe-Pata-de-Chivo pegó
un brinco y gritó al Viejo Chino:
—¡Se escapan! ¡Se escapan!
Les entró miedo y se refugiaron en el cajón
de un escalón que daba acceso a la ventana.
Allí había tres o cuatro barajas incompletas
y un teatrillo de títeres construido de
cualquier manera. Precisamente se
representaba una comedia, y todas las
damas de oros y espadas, de copas y
bastos, sentadas en las primeras
filas, se abanicaban con sus
tulipanes; detrás quedaban las
sotas, que tenían una cabeza hacia
arriba y otra hacia abajo, como es
costumbre en los naipes. La obra

trataba de dos jóvenes que se amaban, pero que no podían casarse. Y la pastorcilla lloró mucho porque decía que aquélla era su propia historia.

—No puedo soportarlo —dijo—. Tengo que salir del cajón.

Mas, cuando pusieron de nuevo los pies en el suelo y dirigieron su mirada hacia la consola, vieron al Viejo Chino que se había despertado y se agitaba de furia.

—¡Que viene el Viejo Chino! —gritó la pastorcilla y, doblando sus piernecitas de porcelana, cayó de rodillas, desolada.

—Se me ocurre una idea —dijo el deshollinador—. Vamos a escondernos en el fondo de esa jarra de la esquina. Estaremos

entre rosas y espliego y, si viene, le arrojaremos éste, que está seco y rociado con sal, a los ojos.

—No, sería inútil —respondió ella—. Yo sé que el Viejo Chino y la Jarra estuvieron prometidos y siempre queda un fondo de amistad después de semejantes relaciones. No nos queda más recurso que marcharnos a correr mundo.

—Pero, ¿tendrás valor para hacerlo, amada mía? —le dijo el deshollinador—. ¿Has pensado en lo grande que es el mundo y en que nunca podremos volver aquí?

—He pensado en todo! —replicó ella.

El deshollinador la miró fijamente y luego dijo:

—Para mí, el mejor camino es por la chimenea. ¿Tendrás valor para meterte

conmigo en la estufa y trepar por los tubos?
Sólo por ahí podremos llegar hasta el cañón de
la chimenea y allí sabré arreglármelas. Subiremos
tan arriba, que nadie nos podrá alcanzar y, cuando
estemos en lo más alto, llegaremos a un agujero por el
que saldremos al mundo.

Y la condujo hasta la puerta de la estufa.

—¡Dios mío! ¡Qué oscuridad! —gritó la pastorcilla.

Sin embargo, le siguió y, desde allí hasta los tubos,
donde las tinieblas eran tan negras como la boca del lobo.

—Ya estamos en la chimenea —dijo el deshollinador—.
Mira, mira allá arriba cómo brilla esa hermosa estrella.

En efecto, se veía en el cielo una estrella que por su
resplandor parecía indicarles el camino, y ellos treparon,
treparon sin descanso. Era un camino
espantoso, ¡tan empinado!,

pero él la levantaba, la sostenía y le indicaba dónde poner sus piececitos de porcelana.

Así llegaron hasta el borde de la chimenea, donde se sentaron para descansar, pues estaban muy fatigados. El cielo, totalmente estrellado, se extendía sobre sus cabezas, y a sus pies quedaban los tejados de la ciudad. Pasearon la mirada por la lejanía del mundo. La pequeña pastora no se lo había figurado jamás tan vasto; apoyó su cabecita

en el hombro del deshollinador y lloró tanto que sus lágrimas deslucieron el cinturón.

—Es demasiado grande —exclamó—; es más grande de lo que yo puedo soportar. El mundo es demasiado inmenso. ¡Oh, si estuviésemos de nuevo en la consola, bajo el espejo! No seré feliz hasta que no vuelva a casa. Te he seguido hasta llegar al mundo; ahora vuelve a llevarme hasta allá abajo, si de verdad me quieres.

El deshollinador intentó convencerla recordándole al Gran-general comandante-en-jefe-Pata-de-Chivo. Pero ella todo era sollozar y besar a su pequeño deshollinador, que no pudo hacer otra cosa que ceder a sus súplicas.

Y con gran trabajo volvieron a bajar por la chimenea y se deslizaron por los tubos, hasta llegar a la estufa. No fue, por supuesto, un viaje de recreo, y se detuvieron a la puerta de la estufa, en tinieblas, para escuchar y enterarse de lo que pasaba en la sala.

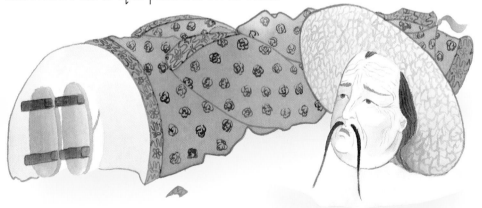

Allí reinaba un profundo silencio. Sacaron la cabeza fuera
para ver. ¡Ay!, el Viejo Chino yacía en el suelo. Se había caído de
la consola al querer perseguirles y se había roto en tres
pedazos. La espalda se había separado del resto del cuerpo y
la cabeza había ido a parar rodando hasta un rincón. El Gran-
general comandante-en-jefe-Pata-de-Chivo seguía en su
puesto de siempre y tenía un aire pensativo.

—¡Es horrible! —exclamó la pastorcilla—. ¡El abuelo se ha roto
en pedazos y nosotros tenemos la culpa! ¡Ay!, ¡no podré
sobrevivir a esta desgracia!

Y se retorcía las manecitas.

—Aún se puede arreglar —dijo el deshollinador—; sí, lo podrán
arreglar. Vamos, no te aflijas; si se le vuelve a pegar la espalda
y se le pone una buena grapa en la nuca, quedará como nuevo,
y aún podrá decirnos muchas cosas desagradables.

—¿Tú crees? —preguntó ella.

Y se subieron a la consola, donde habían estado siempre.

—Mira adónde hemos ido a parar —dijo el deshollinador—;
podíamos habernos ahorrado todas las fatigas.

Y el abuelo fue encolado. Se le puso
también una buena grapa en el
pescuezo y quedó como nuevo. Pero ya no
podía mover la cabeza.

—Se ha vuelto usted muy orgulloso
desde que se hizo pedazos —le dijo
Gran-general comandante-en-jefe-
Pata-de-Chivo—. Me parece que no
tiene ninguna razón para estar tan
tieso; por fin, ¿quiere usted
concederme la mano de la
pastora, sí o no?

32

El deshollinador y la pastorcilla dirigieron al viejo chino una mirada conmovedora: temían que agachase la cabeza; pero no podía y le daba vergüenza contar que tenía una laña en la nuca.

Gracias a esto, los dos jóvenes de porcelana pudieron seguir juntos, bendiciendo la laña del abuelo y queriéndose hasta el día fatal en que también ellos se hicieron pedazos.

El ave
Fénix

En el jardín del Paraíso, bajo el árbol de la Sabiduría, crecía un rosal. Al cobijo de una de sus rosas nació un pájaro; su vuelo era como un rayo de luz, magníficos sus colores, arrobador su canto.

Pero cuando Eva tomó el fruto de la ciencia del bien y del mal, y cuando ella y Adán fueron arrojados del Paraíso, de la flamígera espada del ángel cayó una chispa en el nido del pájaro y le prendió fuego. El animalito murió abrasado, pero de un rojo huevo salió volando otra ave, única y siempre la misma: el Ave Fénix, única en el mundo.

El pájaro vuela en torno a nosotros, raudo como la luz, espléndido de colores, magnífico en su canto. Cuando una madre está sentada junto a la cuna del hijo, el ave se acerca a la almohada y, desplegando las alas, traza una aureola alrededor de la cabeza del niño. Vuela por el sobrio y humilde aposento, hay resplandor de sol en él y sobre la pobre cómoda exhalan su perfume unas violetas.

Pero el ave Fénix no es
sólo el ave de Arabia;
aletea también a los
resplandores de la
aurora boreal sobre
las heladas llanuras
de Laponia y salta
entre las flores
amarillas durante el
breve verano de
Groenlandia. En las minas de
carbón de Inglaterra, vuela
como la polilla espolvoreada
sobre el devocionario en las manos
del piadoso trabajador. En la hoja
de loto se desliza por las aguas
sagradas del Ganges, y los ojos
de la doncella hindú se iluminan
al verla.

¡Ave Fénix!, ¿no la conoces?
Posada sobre el hombro

de Shakespeare adoptaba la figura del cuervo de Odín y le susurraba al oído: ¡Inmortalidad!

Ella está en todo hecho glorioso, en todo acontecimiento importante, en todo esplendor, rejuvenecida cada siglo, nacida entre las llamas, entre las llamas muertas; su imagen, enmarcada en oro, cuelga en las salas de los ricos y vuela con frecuencia a la ventura, solitaria en busca de nuevos paisajes y de nuevos cielos siempre tejiendo la preciosa leyenda del Ave Fénix.

En el jardín del Paraíso, cuando nació en el seno de la primera rosa, bajo el árbol de la Sabiduría, fue llamada por su nombre verdadero: ¡Poesía!

Pulgarcita

Érase una mujer que anhelaba tener un niño y consultó con una vecina que tenía fama de hechicera.

—Eso es muy fácil —dijo la vecina con fama de ser hechicera—. Planta un grano de cebada en una maceta y verás qué maravilla resulta.

Obedeció la mujer y brotó en seguida una flor grande y espléndida parecida a un tulipán. Era tan hermosa que la mujer la besó; inmediatamente los pétalos se abrieron, dejando ver en su interior a una niña pequeñísima, linda y gentil, no más larga que un dedo pulgar. Y por ello la llamaron Pulgarcita.

La cuna de la niña era una cáscara de nuez.

Una noche, mientras la niña dormía, un sapo saltó al interior de la habitación a través del cristal roto de la ventana. Al ver a Pulgarcita, se dijo:

—¡Sería una bonita mujer para mi hijo!

Y cargando con la cáscara de nuez, saltó al jardín por el mismo cristal roto y fue hasta el cenagal donde vivía con su hijo. ¡Uf, qué feo y asqueroso era el bicho!

—Croac, croac, croac... —fue todo lo que supo decir al ver a la niñita en la cáscara de nuez.

—No grites, que vas a despertarla —le dijo su padre—. Por cierto, voy a poner su cuna sobre una hoja de nenúfar para que no pueda escapar.

Ya era de día cuando despertó la pequeña. Al ver dónde estaba, rompió a llorar amargamente. Y para colmo de sustos, el viejo sapo apareció a su lado, llevando con él al espantoso sapito.

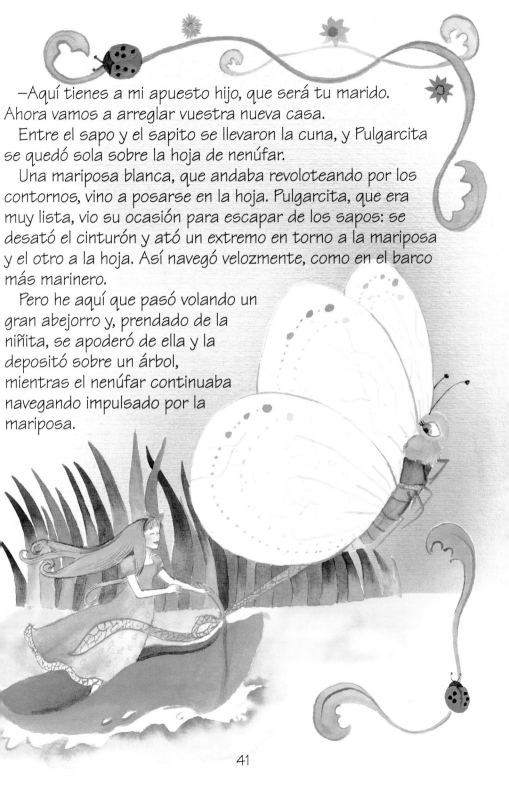

—Aquí tienes a mi apuesto hijo, que será tu marido. Ahora vamos a arreglar vuestra nueva casa.

Entre el sapo y el sapito se llevaron la cuna, y Pulgarcita se quedó sola sobre la hoja de nenúfar.

Una mariposa blanca, que andaba revoloteando por los contornos, vino a posarse en la hoja. Pulgarcita, que era muy lista, vio su ocasión para escapar de los sapos: se desató el cinturón y ató un extremo en torno a la mariposa y el otro a la hoja. Así navegó velozmente, como en el barco más marinero.

Pero he aquí que pasó volando un gran abejorro y, prendado de la niñita, se apoderó de ella y la depositó sobre un árbol, mientras el nenúfar continuaba navegando impulsado por la mariposa.

—¡Qué horror! —exclamó la niñita—. Lo que más siento es que la pobre mariposa no podrá soltarse de la barquilla y morirá de hambre.

Muy pronto se encontró rodeada de todos los abejorros que vivían en el árbol. Las abejorras, muertas de envidia, empezaron a criticarla diciendo que era horrible porque no tenía antenas. El abejorro que la había raptado, aunque en un principio se sintió prendado de ella, pensó que no podía cargar con una esposa que todos desdeñaban y se fue a ponerla sobre una rosa.

La pobre Pulgarcita pasó todo el verano en el inmenso bosque, pero llegó el otoño y luego el largo invierno, y todos los pájaros que habían cantado para ella se fueron, dejándola sola.

—¡Cómo tiritaba de frío!

Tuvo que envolverse en una hoja seca y buscar refugio. Finalmente, lo encontró en la casita del ratón de campo, que era muy abrigada. El ratón la acogió con cariño, le proporcionó

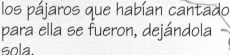

alimento y, a cambio, ella limpiaba
su casita.

¡Ay!, aquella noche vino de visita
el topo y, tanto le gustó la voz de
Pulgarcita, que se enamoró de
ella. La casa del topo estaba
comunicada con la del ratón por
un corredor y allí encontró la
niñita a una golondrina,
muerta a causa del frío.

Pulgarcita la besó y luego
la envolvió en algodón,
pensando que quizá
fuera una de las que

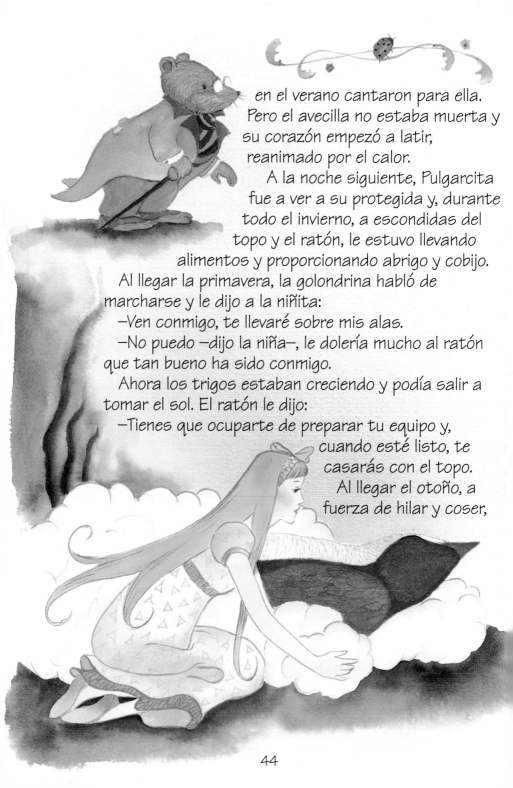

en el verano cantaron para ella.
Pero el avecilla no estaba muerta y
su corazón empezó a latir,
reanimado por el calor.

A la noche siguiente, Pulgarcita
fue a ver a su protegida y, durante
todo el invierno, a escondidas del
topo y el ratón, le estuvo llevando
alimentos y proporcionando abrigo y cobijo.

Al llegar la primavera, la golondrina habló de
marcharse y le dijo a la niñita:

—Ven conmigo, te llevaré sobre mis alas.

—No puedo —dijo la niña—, le dolería mucho al ratón
que tan bueno ha sido conmigo.

Ahora los trigos estaban creciendo y podía salir a
tomar el sol. El ratón le dijo:

—Tienes que ocuparte de preparar tu equipo y,
cuando esté listo, te
casarás con el topo.

Al llegar el otoño, a
fuerza de hilar y coser,

tenía listo su ajuar, pero le horrorizaba casarse, ya que no podía soportar al topo.

Llegó el día de la boda y Pulgarcita, con lágrimas en los ojos, se despidió del sol, al que no volvería a ver.

Y entonces, un sonido familiar llegó a sus oídos:

—¡Quivit! ¡Quivit!

Era la golondrina, que paseaba volando. Ella le contó que iba a casarse con el topo y que se sentía muy desdichada.

—Se acerca el frío invierno —dijo la golondrina—, y me marcho a países más cálidos. ¿Quieres venir conmigo? ¡Súbete a mi espalda y átate con el cinturón! ¡Ven conmigo, mi querida salvadora!

—¡Sí, voy contigo! —repuso Pulgarcita. Y emprendieron el vuelo por encima de bosques y mares.

Llegaron por fin a tierras cálidas, donde el sol brilla esplendoroso, hasta detenerse en un bosquecillo, junto a un lago azul. Un precioso palacio de mármol blanco se levantaba allí.

La golondrina depositó a Pulgarcita en el cáliz de una flor.
¡Qué sorpresa! Sentado cómodamente se hallaba un
hombrecillo transparente, hecho como de cristal, que llevaba
corona de oro. No era mayor que Pulgarcita y a ella le
pareció el ser más hermoso que había visto.

Aquel personajillo era un príncipe, y tan bella y dulce le
pareció Pulgarcita, que se enamoró al instante.

—Soy el príncipe de las flores —le dijo él—, ¿quieres casarte
conmigo?

Pulgarcita pensó en el horrible sapo y en el espantoso
topo, sus dos únicos pretendientes hasta entonces, y
aceptó dichosísima.

Inmediatamente, de cada flor salió una dama o caballero,
semejantes a su principito, pero no tan hermosos, y le

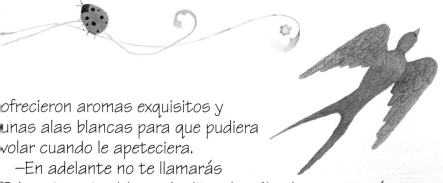

ofrecieron aromas exquisitos y unas alas blancas para que pudiera volar cuando le apeteciera.

—En adelante no te llamarás Pulgarcita, sino Maya —le dijo a la niña el apuesto príncipe—, porque mereces el nombre más bonito.

—¡Adiós, adiós! —cantó de nuevo la golondrina, emprendiendo el vuelo hacia el lugar donde tenía su nidito.

La linda niña le arrojó un beso, pues a la golondrina debía su dicha.

La campana

Cierta vez, en un pueblo escondido en un hermoso valle, se celebró una gran fiesta.

—¡Qué fiesta tan divertida! —comentó un conejillo que, con otros animalitos del bosque, contemplaba el bullicio de las gentes que cantaban y bailaban.

De pronto, dominando los ruidos de la fiesta, se escuchó el tañido de una campana.

—¿Dónde estará esa campana? —se preguntaron todos.

Pero, por más que buscaron, nadie pudo descubrir el lugar en que estaba escondida la campana.

El rey no tardó en tomar cartas en el asunto y ofreció un valioso premio al que descubriese la misteriosa campana.

—Al que logre descubrirla —dijo—, le concederé el título de Conde de la Campana.

Todas las tardes, al ponerse el sol, se oía el tañido de la campana; una campana misteriosa que nadie sabía dónde estaba, ni quién la tocaba.

Un domingo, por la mañana, al salir de misa, dos niños y una niña se dirigieron al bosque a buscar la campana escondida.

—¿Sabes dónde está la campana misteriosa

—le preguntaron a un conejo que estaba calentándose al sol.

—Jamás oí hablar de ella —respondió el conejo.

Los niños siguieron andando y, al encontrar un burrito que estaba comiendo hierba, volvieron a preguntar:

—¿Podrías decirnos dónde está la campana misteriosa?

El burrito acabó de masticar el bocado de hierba que tenía en la boca, la tragó y después dijo:

—¿De qué campana me habláis? En este bosque no hay ninguna campana.

Los niños siguieron su camino y cada vez se adentraban más en el bosque.

—Vamos a preguntarle a aquel búho —dijo uno.

Se acercaron al búho y la niña preguntó:

—¿Sabes dónde está la campana que suena cada tarde al ponerse el sol?

El búho, que era un poco sordo, dijo:

—Gritad un poco más amiguitos, amiguitos. Además de ser un poco sordo, estoy casi dormido. Ya sabéis que los búhos duermen de día.

El niño que tenía la voz más fuerte repitió la pregunta:

—¿Sabes dónde está la campana misteriosa?

—No lo sé —respondió el búho—. No he oído esa campana. Y la verdad es que apenas oigo.

La niña y los niños, cansados de tanto caminar, decidieron volver a sus casas. Pero uno de ellos, dispuesto a descubrir la campana, siguió adelante.

Caminando, caminando, llegó hasta un
lugar apartado del espeso bosque y
descubrió una pequeña casita rodeada de
plantas trepadoras. El niño se quedó
sorprendido. Colgada cerca del alero, medio
escondida entre las hojas de las plantas, había
una campanita azul.

—No es posible que ésta sea la campana que busco
—se dijo el niño—. Una campana tan pequeña no haría un
ruido tan grande.

El niño se alejó de la casita. El bosque se iba llenando de
sombras, ya que el sol empezaba a ponerse detrás de las
altas montañas.

De pronto: —¡Nang! ¡Nang! ¡Nang! —sonó otra vez la campana.

«El sonido de la campana viene de la izquierda», se dijo el
niño. «Voy a caminar hacia allí.»

Siguió caminando y, de pronto,
encontró a un niño vestido de blanco.

—¿También tú buscas la campana? —le preguntó.

El niño vestido de blanco no respondió.

—¿Quieres ser mi amigo? —preguntó el niño que buscaba la campana—. Si tú me ayudas, tal vez la encontremos.

—¿Para qué quieres encontrarla? —pregunto el niño vestido de blanco— A ti no te hace falta la recompensa que ofreció el rey.

—¿Me conoces? —dijo el niño.

—Sí —respondió el pequeño trajeado de blanco—. Sé que eres hijo del rey.

—Soy el príncipe, en efecto —respondió el niño—, pero me gustaría llevármela al palacio para que todos los súbditos de mi padre pudieran verla y escucharla de cerca.

—Eso está bien —dijo el niño vestido de blanco—. Veo que te preocupas por los demás.

—Sí —afirmó el príncipe—. Cuando yo sea rey, procuraré ser bueno y generoso para ser amado por todos.

El niño con traje blanco se puso muy contento por la respuesta de su compañero.

—Allí está la campana —dijo—. ¿No la ves?

En efecto, sobre sus cabezas, en medio de las nubes y cerca de las estrellas, estaba la campana.

—¡Nang! ¡Nang! ¡Nang! —volvió a sonar la campana.

—¡La campana! ¡La campana misteriosa! —gritó el pequeño príncipe.

—Yo soy tu ángel de la guarda —dijo el niño vestido de blanco—. Tú has encontrado la campana porque eres bueno.

La campana, allá en lo alto, seguía repicando. Y sus sones parecían cantar: «Paz a los hombres de buena voluntad».

—¿Podré llevármela al palacio? —preguntó el hijo del rey.

—No —respondió el ángel—; está demasiado alta.

—¡Oh, qué pena! —casi lloró el príncipe.

—Ya no volverás a verla nunca más —dijo el ángel—. Sólo la escucharás si alguna vez faltas a tu promesa de hacer el bien y si incumples tus deberes de soberano.

—Siempre me portaré bien —prometió el hijo del rey—. Ahora debo regresar al palacio.

—Será mejor que esta noche te quedes a dormir en el bosque —dijo el ángel—. El palacio está muy lejos.

El pequeño príncipe se tendió a dormir sobre la hierba y el ángel veló su sueño, ahuyentando a los osos y a los jabalíes que querían hacerle daño.

Al día siguiente, un rayo de sol despertó al príncipe.

El ángel de la guarda se había vuelto invisible, pero el niño sabía que estaría siempre junto a él, protegiéndolo y vigilando todas sus acciones.

El hijo del rey montó sobre un ciervo y así pudo llegar en seguida al palacio.

—¿Dónde has estado? —le preguntó el rey.

—Buscando la campana —respondió su hijo.

—¿Y la has encontrado?

—Sí, padre —respondió el príncipe—, pero estaba muy alta, cerca de las estrellas, y no he podido cogerla.

En el pueblo no volvieron a escuchar más tañidos de la misteriosa campana. Pero el pequeño príncipe no olvidó la promesa que había hecho al ángel.

Cada noche, al rezar sus oraciones, repetía:

—Seré un rey bueno y generoso, y siempre buscaré la felicidad de todos mis súbditos.

Al cabo de muchos años, cuando el príncipe se convirtió en rey, cumplió lo que había prometido.

—No hay otro rey más bueno y generoso —decían todos. Y, en efecto, con la generosidad del poderoso y la sabiduría de la humildad, el joven rey dio a sus súbditos la felicidad prometida a su ángel de la guarda.

Los dos hermanitos

Había dos hermanitos, niño y niña, que vivían víctimas de las palabras duras y malos tratos de su madrastra. Ésta los aborrecía porque eran bien parecidos y, en cambio, su propia hija era fea, coja y, por añadidura, tuerta.

Cansados de padecer, los dos hermanitos decidieron escaparse de casa y, aprovechando un descuido de la madrastra, huyeron de aquel hogar de malos recuerdos.

Caminaron largas horas por caminos y senderos, y al llegar la noche, se encontraron a la entrada de un espeso bosque. Rendidos de hambre y fatiga, se acomodaron en el hueco de un viejo tronco. Al día siguiente continuaron su camino, pero como hacía mucho calor, sintieron sed. El niño dijo:

—¡Corramos, hermanita, que oigo el murmullo de un arroyo!

Cuando el niño se inclinó para beber, la niña se lo impidió, porque oyó que el agua murmuraba:

—¡El que me beba quedará convertido en tigre!

Continuaron su ruta y encontraron otro pequeño riachuelo. El niño se abalanzó ansioso sobre el agua, pero su hermanita lo evitó:

—¡Por favor, hermanito, no bebas! ¡Acabo de escuchar que si bebes quedarás convertido en lobo!

Se resignó el muchacho y siguieron su camino. De pronto, oyeron nuevamente rumor de agua; avanzaron ansiosos, pero cuando llegaron, la niña dijo:

—Oigo que el arroyo murmura: «Se convertirá en cervatillo quien me beba».

Pero el niño, no pudiendo resistir ya su devoradora sed, se agachó para beber con ansia. Terminó de beber y quedó transformado en un lindo cervatillo. Los dos hermanos lloraron con desconsuelo ante la desgracia, dándose cuenta de que todo aquello era obra de su perversa madrastra.

Los dos hermanitos decidieron no separarse nunca y la niña, quitándose su cinturón de oro, hizo un collar para su amado cervatillo.

A lo lejos vieron una cabaña y, llegándose, comprobaron que estaba vacía. Se quedaron, pues, a vivir en ella, y todos los días salía la muchacha a buscar frutos y nueces para comer, y tiernos tallos para darle a su hermanito, el cervatillo.

Vivieron contentos así los dos hermanos, hasta que un día el rey vino de cacería por esos lugares. Al oír el cervatillo el cuerno de

caza, no pudo resistir los deseos de ir hacia allá, y la niña, por más que se opuso, no pudo contenerle y le dijo:

—Cuando regreses, para que yo sepa que eres tú, dirás: «Hermanita, soy yo».

Los monteros del rey, cuando vieron aquel hermoso cervatillo saltar a pocos pasos de ellos, quisieron darle caza, pero no lo consiguieron.

Uno de ellos lo persiguió hasta la cabaña y oyó las palabras que el animalito pronunciaba ante la puerta y cómo ésta le era abierta. Contó el hecho ante el rey y éste, al día siguiente, siguió él mismo al cervatillo y llegando antes que él a la cabaña, llamó a su puerta, diciendo:

—Hermanita, soy yo.

Abrió la joven, creyendo que era su hermano y el rey quedó prendado de su belleza, se casó con ella y la llevó al palacio con su querido cervatillo.

Al año, la reina tuvo un hijo y todo era dicha. Pero cuando la madrastra se enteró, puso en juego sus malas artes y mató a la reina, la escondió en el bosque y luego la reemplazó en el lecho real por su fea hija, de forma que el rey no pudiera verla bien. Al darse cuenta el rey de la suplantación, se llenó de ira y mandó degollar a la bruja y a su hija.

Al morir la hechicera, la reina volvió a vivir y el cervatillo recobró su forma humana. Desde entonces, la paz y la felicidad no desampararon nunca a aquel palacio.

El soldadito de plomo

Pepito hacía tiempo que deseaba tener, entre sus juguetes, unos soldaditos de plomo. Quería alinearlos y hacerles formar como aquellos soldados del cuartel frente a su casa. Se acercaba el día de su cumpleaños y pidió al cielo que alguien le regalara una cajita con soldaditos de plomo.

El cielo escuchó sus anhelos, porque era un niño bueno, cariñoso y obediente con sus padres y maestros, y el día de su onomástica su padrino de bautizo le regaló una caja de soldaditos de plomo.

Cuando Pepito tuvo la ansiada caja en sus manos, subió anhelante a su dormitorio y allí solo, cerrando la puerta, abrió la caja como en un ritual sagrado. Su corazón dio un vuelco de alegría. Entre el papel de seda verde había soldaditos de vistosos uniformes, todos relucientes, con su fusil brillante al hombro. Pero, ¡oh desgracia!, entre tanto soldadito apuesto y sonriente, había uno, solamente uno, al que le faltaba una pierna.

—¡Qué pena! —dijo Pepito—. Un soldado tan bonito y cojo… ¡En fin, qué le vamos hacer, paciencia!

Pepito tenía muchos juguetes: un oso de felpa con sus redondos ojitos negros; un mono de cuerda que daba chillidos y pequeños saltitos, un payaso que hacía volatines y piruetas alrededor de una barra de acero; una locomotora con sus rieles; una caja de sorpresas y una bailarina de cera, con su falda plisada de papel. Pero ahora prefería a sus brillantes soldaditos de plomo, y con ellos jugaba a los desfiles y a la guerra.

Hasta que un día sopló una ráfaga de viento, que hizo volar adentro la cortina de la ventana que daba a la calle, se enredó con el soldadito cojo y al regresar arrastró consigo a éste, haciéndolo caer por la ventana al pavimento.

Pepito sintió un enorme dolor ante esta desgracia y descendió presuroso las escaleras para ver si podía salvar a su soldadito cojo. Éste había caído sobre un montículo de arena y, como cayó de cabeza, quedó enterrado hasta la rodilla y sólo se veía su única pierna. Por eso, Pepito no vio al soldadito, por más que buscó. Y regresó a su cuarto entristecido. Su dolor y pena eran compartidos por la bailarina de cera, que fue la que más sintió la ausencia del soldadito que la miraba con dulces ojos de raro brillo.

Unos niños que iban hacia su escuela vieron la pierna del soldadito que sobresalía del montículo de arena. Lo alzaron, le limpiaron la arena y vieron que era muy hermoso, aunque cojo.

—¡Es un soldado cojo! —dijo uno de los niños con desprecio—. Seguro que en la fábrica olvidaron ponerle la pierna izquierda. Así no vale nada, porque un soldado no debe ser manco ni cojo. ¡Dejémoslo aquí, enterrado!

—¡No, no! —exclamó el otro niño—. Hagámoslo navegar, aunque no sea un marinero…

Y pasando de la palabra a la acción, hicieron un botecito de papel, colocaron dentro de él al soldadito cojo y pusieron el bote en una acequia canalizada.

El soldadito no se sintió tan desdichado al verse en un bote, aunque fuera de papel. Tal vez iría a parar a alguna isla extraña, donde alguien, compadeciéndose, lo sacaría del bote y lo acogería en su hogar.

—¡Un hogar, sí, un hogar! —pensó el soldadito. Y sin saber por qué se acordó de la bailarina de cera que solía mirarlo con grandes ojos.

El barquito fue navegando aguas abajo hasta que llegó a una alcantarilla. Siguió por ella hasta llegar al mar. El bote

se deslizó entonces y el soldadito cayó de pie al fondo del agua. Los peces de diferentes tamaños y colores se asustaron al ver aquel extraño objeto brillante y de variados matices. Como no sabían qué cosa era, acudieron a una corvina adulta y sabia para que ella les dijera lo que deseaban saber.

La corvina vieja, por más que trataba de descifrar este enigma, no pudo averiguar qué podía ser aquello que llamaba tanto la atención a los peces. Y, para tratar de disimular su ignorancia, se acercó al soldadito y se lo tragó de un solo bocado.

El soldadito penetró a una zona más oscura que la alcantarilla por la cual había navegado sobre el bote de papel. Eran los intestinos de la corvina, que no pudieron digerir la masa de plomo del pobre soldadito.

«¿En qué parará todo esto?» pensó sumamente afligido el soldadito. «Creo que esta vez será mi fin…». Y sin querer volvió a acordarse de la linda bailarina de cera.

En esto, unos pescadores echaron su red al mar y junto con otros peces pescaron también a la vieja corvina que se había tragado al soldadito. La corvina fue vendida en el mercado a una cocinera y ésta la llevó a la cocina de la casa donde trabajaba, la abrió con un enorme cuchillo y con gran sorpresa encontró en el vientre del pez al soldadito de plomo.

—¡Qué parecido a los soldados que tiene Pepito! —exclamó la cocinera—. ¡Y qué coincidencia!, ¡también le falta una pierna!

La cocinera lavó bien al soldadito, lo puso sobre la mesa y fue a dar la noticia a Pepito. Éste bajó corriendo a la

cocina y grande fue su sorpresa cuando comprobó que el soldadito extraído del vientre de la corvina era, precisamente, su perdido soldadito cojo, que por una ráfaga de viento cayó a la calle y desapareció.

—¡Papá! ¡Mamá! ¡Mirad a mi soldadito cojo, cómo ha aparecido dentro del vientre de un pez1 ¡Milagro, milagro!

Pepito llevó nuevamente a su soldadito cojo al cuarto de los juguetes. Allí estaban el oso de felpa, el mono, el payaso, el tren y, lo que más le gustó, su bailarina de cera, que lo miró con los ojos llenos de lágrimas. La bailarina estaba puesta sobre el saliente de la chimenea y parecía querer girar y girar.

Apenas salió Pepito de la habitación, el soldadito cojo y la bailarina de cera se dirigieron una hermosa mirada. Deseaban hablarse, incluso abrazarse, pero los juguetes sólo pueden moverse y cobrar vida a partir de la medianoche.

Cuando el reloj tocó las doce campanadas, comenzó la fiesta para los juguetes. El mono inició sus piruetas con más gracia y velocidad que nunca. El oso danzó sobre sus pesadas patas redondas. La locomotora silbó alegremente mientras daba vueltas y vueltas sobre sus raíles. Y el payaso hacía los volatines más graciosos de su vida de juguete.

El soldadito fue saltando sobre su único pie y presentó armas con su fusil ante la bailarina de cera. Ésta miró con sus enormes ojos negros al soldadito y le sonrió.

Se dieron un fuerte abrazo y avanzaron al centro de la habitación, se sentaron en el suelo y allí el soldadito le relató las aventuras que había pasado. Cuando terminó la narración, advirtió que la linda bailarina derramaba lágrimas…

—No llores, mi linda bailarina, que te estropeas los ojos.

—Lloro de alegría, mi pobre soldadito. Creí que nunca volvería a verte.

MIentras tanto, los demás juguetes seguían su fiesta, celebrando la vuelta del compañero. En esto entraron en correcta formación, al mando de un oficial, los demás soldaditos de plomo. A las órdenes del oficial formaron en línea y presentaron armas ante la parejita que, de la mano, permanecía de pie.

El oficial mandó «firmes»; después, «descanso» y, por último, «rompan filas». Luego se acercó a la pareja, les dio la mano y les invitó a que bailaran. La linda bailarina sonrió y, en silencio, miró la

única pierna del soldadito de plomo. El pobre no podía
bailar.

Entonces éste se acercó a su oficial y le rogó que bailara
con su prometida en vez de él. El oficial ciñó con su mano la
cintura de la bella bailarina y ya iban a iniciar el vals cuando
el reloj dio seis campanadas anunciando el nuevo día.

Cuando volvieron a sonar las doce de la siguiente
medianoche, continuaron el baile el oficial y la bailarina. Y la
fiesta prosiguió celebrando el compromiso matrimonial del
soldadito cojo y la hermosa bailarina de cera.

El ángel

Dicen que, cada vez que muere un niño bueno, baja del cielo un ángel de Dios Nuestro Señor y, tomándolo en brazos, extiende las alas y emprende el vuelo por encima de los lugares que el pequeñuelo amó.

Cierto día en que el ángel llevaba al cielo el cuerpecito de un niño y volaba sobre jardines en que el niño había jugado, preguntó al chiquitín:

—¿Qué planta quieres que nos llevemos para plantarla en el cielo?

Crecía allí un magnífico rosal, pero una mano perversa había tronchado el tronco, y sus ramas, cuajadas de capullos, colgaban desgarradas.

—¡Pobre rosal! —exclamó el niño—. Llévatelo. Junto a Dios florecerá.

Obedeció el ángel y además del rosal, recogió humildes ranúnculos y violetas silvestres.

Luego, volando sobre la gran ciudad, descubrieron entre los desperdicios un tiesto roto, con una gran flor silvestre, ya seca.

—Vamos a llevárnosla —dijo el ángel—. Mientras volamos te contaré por qué.

Remontaron el vuelo y el ángel dio principio a su relato:

—En una bodega de aquel callejón, vivía un niño enfermo. Era muy pobre. Siempre tuvo que caminar con muletas y nunca salía de su casa. Un día de primavera, un vecinito le trajo flores del campo, entre ellas, una con su raíz. Por eso, el niño la plantó en una maceta y observó con alegría que se desarrollaba y florecía cada año. Para el muchacho enfermo, su maceta era el más espléndido jardín. Regaba la planta y la cuidaba, y la planta, agradecida, esparcía su aroma y alegraba la vista. En el momento de su muerte, el niño se volvió hacia ella. El niño lleva ya un año junto a Dios y la plantita ha seguido en la ventana, olvidada y seca. Es la flor marchita que llevamos en nuestro ramillete.

—Pero, ¿cómo sabes todo esto? —preguntó el niño al ángel que le llevaba al cielo.

—Lo sé —respondió el ángel —porque yo era aquel niño enfermo que se sostenía sobre muletas. ¡Y qué bien conozco mi flor!

El pequeño abrió de par en par los ojos y clavó la mirada en el rostro esplendoroso del ángel. Y en el mismo momento se encontraron en el Cielo de Nuestro Señor, donde reina la alegría y la bienaventuranza. Dios apretó al niño muerto contra su corazón y al instante le salieron a éste alas como a los demás ángeles y con ellas se echó a volar. Nuestro Señor apretó también contra su pecho todas las flores y besó la marchita flor silvestre. Y la flor rompió a cantar, con el coro de ángeles que rodean al Altísimo. Todos, grandes y chicos, cantaban también.

Los cisnes salvajes

Lejos de nuestras tierras, allá donde van las golondrinas cuando el invierno llega a nosotros, vivía un rey que tenía once hijos y una hija llamada Elisa. Los doce hermanos se sentían muy felices. ¡Lástima que su dicha no pudiera durar siempre!

Su padre se casó con una reina perversa que odiaba a los niños.

Esta mujer, día a día, contaba supuestas maldades de los niños, de tal forma que el rey acabó por desentenderse de ellos.

Un día, la perversa mujer arrojó a los niños por la ventana, diciendo:

—¡A volar por el mundo y apañaos por vuestra cuenta! ¡A volar como grandes aves sin voz!

Pero no pudo ejercitar del todo su maldad y los niños se transformaron en once hermosísimos cisnes salvajes. Volando por encima del parque de palacio, desaparecieron en el bosque.

La pobre Elisa, a su vez, había sido relegada al cuarto de los campesinos, y su

único juguete era una hoja verde. La niña le hizo un agujero y, mirando por él, podía ver los ojos límpidos de sus hermanos, y cada vez que los rayos del sol le daban en la cara, creían sentir el calor de sus besos.

Pasaban los días y Elisa crecía fuerte y hermosa, tanto, que la reina hubiera querido enviarla lejos. Pero no se atrevió, porque el rey quería mucho a su hija.

Mas la malvada mujer no desistía de su empeño y, para que la niña perdiera su belleza, la frotó con jugo de nuez, de modo que su cuerpo adquirió un tinte negruzco; luego le untó la cara con una pomada apestosa y le desgreñó el cabello.

Era imposible reconocer a la hermosa Elisa.

Su padre se asustó al verla y empezó a gritar:

—¡Ésa no es mi hija!

Nadie la reconocía, excepto el perro mastín y las golondrinas. La pobre Elisa salió angustiada de palacio, llorando y pensando en sus once hermanos ausentes. Elisa se dijo:

—Buscaré a mis hermanos. Sé que daré con ellos.

Era de noche cuando llegó al bosque y tuvo que dormir sobre las raíces de un árbol. Y no cesó de soñar con sus hermanos.

Por la mañana, mirándose en el agua cristalina del lago, se asustó de su fealdad, pero entonces se lavó la cara y vio que era la de siempre. Luego se bañó en el lago, trenzó sus hermosos cabellos y volvió a ser la hermosa princesa que admiraban todos.

Pasó otro día y en sus sueños de la noche vio a Dios Nuestro Señor mirándola con bondad. Aquel día encontró a una anciana que llevaba bayas en una cesta. Elisa le preguntó si no había visto once príncipes cabalgando por el bosque.

—No —repuso la mujer—. Pero ayer vi once cisnes con coronas de oro que iban río abajo.

La muchacha siguió durante todo el día caminando a orillas del río, hasta llegar al punto en que vertía sus aguas al océano. ¿Qué hacer? ¿Por dónde seguir?

De pronto, entre las algas arrojadas por las olas, descubrió once plumas de cisne. Las recogió e hizo un haz con ellas.

A la hora del ocaso, Elisa vio que se acercaban once cisnes
salvajes coronados de oro que vinieron a posarse muy cerca de
ella, agitando sus grandes alas blancas.

En cuanto el sol se hubo ocultado del todo, desprendiéronse
del plumaje las aves y aparecieron once apuestos príncipes.

La joven lanzó un grito, pues aunque sus hermanos habían
crecido mucho, los reconoció al momento. Se arrojó en sus
brazos, llamándolos por sus nombres, y ellos se sintieron muy
felices al abrazar a su hermana, convertida en una joven tan
hermosa.

—Nosotros —explicó el mayor de los hermanos—, volamos
convertidos en cisnes salvajes mientras el sol está en el cielo
y, en cuanto se pone, recobramos nuestra figura humana. Por
eso debemos procurar tener siempre un lugar donde apoyar
los pies cuando oscurece. No habitamos aquí. Más
allá del océano hay una tierra hermosa, pero el

camino es muy largo a través del mar y no hay donde
pernoctar, tan sólo un arrecife solitario.

Elisa le escuchaba admirada. El más joven añadió:

—Sólo una vez al año podemos volver a la patria, donde
nos está permitido permanecer por espacio de once días.
Volando por encima del bosque, vemos el palacio en que
nacimos y el alto campanario de la iglesia donde está
enterrada nuestra madre. Estando allí, nos parece como si
árboles y matorrales fueran familiares nuestros. Ahora, nos
quedan todavía dos días para permanecer aquí, pero luego
debemos cruzar el mar en busca de esa tierra espléndida,
que no es la nuestra. Querríamos llevarte con nosotros,
querida hermanita, pero no poseemos ni un
mísero bote.

—¡Si yo pudiera salvaros!
—suspiró la muchacha.

Estuvieron hablando casi toda la noche. Por el día, los príncipes se convirtieron en cisnes y todos reclinaron las cabezas en el regazo de la muchacha, que acariciaba sus brillantes alas.

—Mañana nos marcharemos de aquí para no volver hasta dentro de un año. ¿Te sientes con valor para venir con nosotros? Entre todos, tendremos la fuerza suficiente para transportarte por encima del mar.

—Sí, llevadme con vosotros —dijo Elisa.

Durante toda la noche, los príncipes se afanaron en tejer una resistente red, con juncos flexibles y corteza de sauce.

Por la mañana, Elisa se tendió en la red y los cisnes, contentos de tener a su hermana con ellos, levantaron el vuelo. Los rayos del sol le daban de lleno en la cara, por lo que uno de los cisnes se puso a volar por encima de su cabeza para darle sombra con sus grandes alas.

Todo el día estuvieron volando con gran rapidez; no obstante, su vuelo era más lento que de costumbre pues tenían que llevar a su hermana. Se formó una tormenta mientras la noche se acercaba. Elisa veía con inquietud cómo descendía el sol sin que pudiera distinguir aún el arrecife sobre el mar. Le pareció que los cisnes daban aletazos más vigorosos. Desde el fondo de su corazón dirigió una plegaria a Nuestro Señor para que pronto

apareciera la roca, si no, sus hermanos se convertirían en hombres y se verían precipitados en las aguas del mar.

De pronto los cisnes empezaron a descender con gran rapidez. El sol escondía ya una mitad bajo el agua, pero se distinguía entre la niebla la pequeña roca. El sol se hundía a toda prisa. Por fin tocó con los pies el suelo firme y el sol se apagó como la última pavesa de un papel que se quema. El mar golpeaba la roca y caía sobre los hermanos como un diluvio; el cielo brillaba relampagueando y los truenos rugían sin cesar, pero todos se cogieron de la mano y se animaron.

Llegada el alba, el aire estaba puro y tranquilo; nada más salir el sol, los cisnes abandonaron la isla llevándose consigo a Elisa.

Por fin vio la niña el país al cual se dirigían; en él se elevaban encantadoras montañas azules con bosques de cedros, había ciudades y castillos. Mucho antes de la puesta del sol llegaron a la entrada de una gran gruta que estaba cubierta de plantas trepadoras verdes y finas; se habría dicho que eran tapices bordados.

—Vamos a ver qué vas a soñar esta noche —dijo el hermano más joven mostrándole su dormitorio.

—¡Ojalá sueñe cómo podría salvaros! —dijo ella.

Este pensamiento la ocupaba sin cesar; rezaba a Dios e incluso durmiendo continuaba su oración. Entonces le pareció que se elevaba muy alto por los aires, llegando hasta el castillo cambiante de

un hada, que, aunque muy hermosa
y deslumbrante, se parecía a la viejecita que en el bosque
le había hablado de los cisnes con coronas de oro.

—A tus hermanos se les puede salvar —dijo— pero,
¿tendrás valor y perseverancia? ¿Ves esta ortiga que
tengo en la mano? Crecen muchas cerca de la gruta donde
duermes; es preciso que las cojas aunque te quemen la
piel y te salgan llagas; aplasta las ortigas con los pies y
tendrás lino; lo tejerás y cortarás once cotas de
malla de mangas largas; echarás estas cotas de
malla sobre los once cisnes, y el hechizo quedará
roto. Pero fíjate bien en esto que voy a decirte:
desde el mismo instante que hayas empezado
este trabajo hasta que lo termines, aunque
pasen años, no debes hablar ni una
palabra; si dijeses algo a tus
hermanos, morirán.

Elisa se despertó bajo
un fuego devorador. Era
ya de día, salió fuera de
la gruta y encontró una
ortiga como la que el
hada le había
mostrado; entonces
cayó de rodillas, dio
las gracias a
Nuestro Señor y se
puso enseguida a
trabajar.

Con sus
delicadas

manos iba arrancando las ortigas, que le quemaban las manos y los brazos; pero ella sufría a gusto, con tal de poder salvar a los hermanos a quienes quería tanto. Aplastó las ortigas con los pies y, efectivamente, se convirtieron en lino verde.

Se pasó la noche trabajando, pues no quería descansar hasta haber salvado a sus hermanos; todo el día siguiente, mientras los cisnes estaban fuera, se quedó sola trabajando. Empezó ya la segunda cota de malla y, sin dormir, día tras día fue tejiendo hasta terminar las once mallas de lino que le encargó el hada.

Cuando una tarde, al ponerse el sol, llegaron sus hermanos, arrojó sobre ellos las mallas, y los blancos cisnes, a la luz del día, se convirtieron en

once encantadores príncipes que en pocos días
enamoraron a las más bellas princesas del reino.

Un día llegó un gran perro, luego otro y otro más,
y se quedaron enfrente de la gruta ladrando muy
fuerte. En pocos minutos, muchos cazadores se
reunieron delante de la gruta y el más guapo, que
era el rey de aquel país, avanzó hacia Elisa. Nunca
había visto una muchacha más bella.

La cogió, la puso sobre su caballo y
condujo a Elisa al castillo.

Una sonrisa alegró los labios de
Elisa y besó la mano del rey en señal
de agradecimiento; éste la estrecho
contra su corazón e hizo anunciar las
bodas por las campanas de todas
las iglesias del país.

93

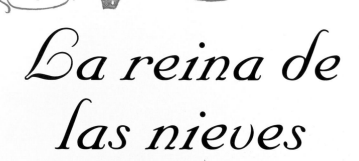

La reina de las nieves

Hace mucho tiempo, existió un genio que tenía un espejo mágico en el que se reflejaban todas las cosas desagradables, aunque ocurrieran muy lejos.

—¡Qué divertido! —dijo un día el geniecillo, mirando al hombre, feo y gordo, que se reflejaba en el espejo.

Los compañeros del genio quisieron ver también lo que se reflejaba en la pulida superficie del espejo.

—No pueden mirar!
¡Este espejo es mío!
—respondió el genio.
Intrigados y curiosos,
todos los geniecillos se
echaron sobre él para quitarle
el espejo y, en la lucha, se cayó al suelo y se
rompió en varios pedazos.

Uno de los trozos más pequeños del espejo fue a caer en
una gran ciudad. Allí no había espacio para jardines y la
gente cultivaba flores en macetas.

Juan y Marilín eran vecinos y siempre jugaban juntos.
—Tened cuidado con las flores —les decía la mamá de la
niña—. No las estropeéis.

Pero un día cayó una gran
nevada y los niños no
pudieron salir a jugar.
—Mira cómo vuelan
las abejas blancas
—dijo la abuelita de
Marilín viendo caer
los copos de nieve.
—¿También tienen
su reina?
—preguntó la
niña.

96

—¡Claro que sí! —respondió la abuela—. Vive en lo alto de las montañas, donde la nieve es más espesa.

—¿Podría venir a la ciudad la Reina de las Nieves? —quiso saber Juan—. Si viene, como sólo es un copo de nieve, la arrojaré a la estufa y se derretirá.

Por la noche, cuando ya el pequeño Juan estaba en su casa, vio que unos copos de nieve se arremolinaban en la azotea. El remolino fue creciendo, creciendo, hasta tomar la forma de una hermosa figura blanca.

—¡Es la Reina de las Nieves! —dijo el niño, muy asustado, cerrando la ventana.

Al día siguiente, lució un hermoso sol y la nieve se fue derritiendo.

Había llegado la primavera.

Las golondrinas hicieron sus nidos y los animalitos del bosque salieron alegremente de sus madrigueras.

—¡Ha llegado la primavera! —cantaban alegres los conejitos.

—¡Ha llegado el buen tiempo! —piaban los pajaritos.

Un día, al regresar de la escuela, Juan encontró en el suelo un pedazo de espejo del geniecillo. Se lo metió en el bolsillo y, al punto, sintió que su corazón se enfriaba hasta quedar como un pedazo de hielo, sin sentimientos.

Juan, que había sido un niño bueno, se convirtió en un ser burlón y travieso. Asustaba a los perros que encontraba en la calle, tiraba piedras a los pájaros y dejó de estudiar.

—¿Qué le ocurre a ese niño? —preguntó la abuelita de Marilín—. Cada día está más travieso.

Los días pasaron y llegó otra vez el invierno.

—¡Ya está nevando otra vez! —dijo Marilín—. ¿Quieres que salgamos a la terraza, Juan?

98

—Será más divertido ir a pasear en el trineo —dijo el niño.

En la plaza, algunos muchachos ataban sus trineos a los carros de los campesinos.

—¡Arre! ¡Arre! —gritaban.

Juan y Marilín fueron también a la plaza con su trineo. Cuando estaban distraídos vieron llegar un hermoso trineo blanco, tirado por un caballo y conducido por una bella joven.

El trineo se detuvo y todos los niños, menos Juan, echaron a correr hacia sus casas.

—¿Quieres subir a mi trineo? —díjole la bella desconocida.

—¿Quién eres? —le preguntó Juan.

—Soy la Reina de las Nieves —respondió la joven, invitando al niño a subir a su trineo.

—Hace mucho frío —replicó el niño—. Será mejor que me marche a mi casa.

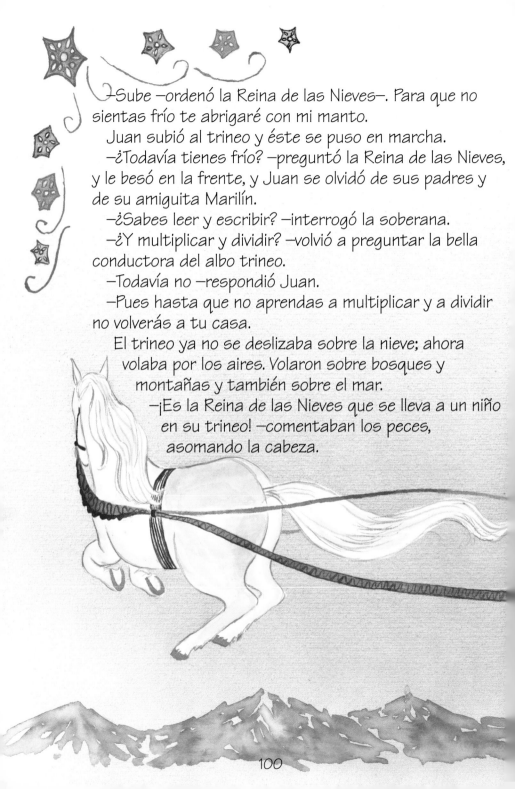

—Sube —ordenó la Reina de las Nieves—. Para que no sientas frío te abrigaré con mi manto.

Juan subió al trineo y éste se puso en marcha.

—¿Todavía tienes frío? —preguntó la Reina de las Nieves, y le besó en la frente, y Juan se olvidó de sus padres y de su amiguita Marilín.

—¿Sabes leer y escribir? —interrogó la soberana.

—¿Y multiplicar y dividir? —volvió a preguntar la bella conductora del albo trineo.

—Todavía no —respondió Juan.

—Pues hasta que no aprendas a multiplicar y a dividir no volverás a tu casa.

El trineo ya no se deslizaba sobre la nieve; ahora volaba por los aires. Volaron sobre bosques y montañas y también sobre el mar.

—¡Es la Reina de las Nieves que se lleva a un niño en su trineo! —comentaban los peces, asomando la cabeza.

—¡Es un niño poco estudioso que no quería aprender en la escuela! —dijo un oso desde lo alto de una montaña.

El trineo se detuvo en el aire y fueron pasando los días y las noches del invierno.

—¡Quiero volver a casa! —lloró el niño.

—Es inútil que te lamentes —respondió la Reina de las Nieves—. No volverás a casa hasta que recuerdes las lecciones del maestro de matemáticas.

Tanto se esforzó Juan en recordar que, al fin, consiguió recitar las tablas de multiplicar y dividir.

—¡Ahora sí podrás regresar a tu casa!

Pero no olvides la lección y estudia cuando vuelvas a tu escuela.

El trineo empezó a volar de nuevo y se detuvo en la terraza de la casa donde vivía Juan.

El niño descendió del trineo y se despidió de la Reina de las Nieves. Luego el trineo se alejó por los aires, camino de la altas montañas nevadas.

Los padres de Juan tuvieron una gran alegría al verle regresar sano y salvo. Y también Marilín se alegró mucho de volver a ver a su compañero de juegos.

Juan recordó que llevaba en el bolsillo un pedazo de espejo. Quiso

sacarlo, pero se sorprendió al verlo
convertido en un pedazo de hielo
que, poco a poco, se fue derritiendo.

El niño cumplió su promesa y volvió a
ser un niño obediente y respetuoso con todos.
Estudió mucho y nunca más volvió a burlarse
de nadie ni a maltratar a los perros ni a los gatos
que encontraba en el camino.

En las tardes de invierno, Juan y Marilín miraban a través
de la ventana por si veían pasar el misterioso trineo blanco.
Pero la Reina de las Nieves no volvió más. Estaba lejos, muy
lejos, allá en las elevadas cumbres donde siempre es
invierno y donde la nieve es eterna.

El ruiseñor

En el maravilloso país de la China existió, hace mucho tiempo, un emperador que tenía una hija llamada Litay Fo. El monarca era sordo y, por lo tanto, no conocía las delicias de la música ni los sonidos más bellos. No podía apreciar, por ejemplo, los hermosos trinos de los pájaros.

Una tarde en que Litay Fo se paseaba por los exóticos jardines del palacio, escuchó sorprendida el canto de un pajarillo, que jamás antes había oído.

Desde la rama
más alta de un loto en
flor, un ruiseñor hacía
increíbles requiebros con sus trinos.
—¡Qué bien cantas! —dijo embelesada la
hija del emperador.
—Soy un humilde ruiseñor —dijo el ave— que
deseaba verte hace tiempo. Mis hermanos me
advirtieron que no entrara en este palacio porque el
emperador sólo mima a los pájaros de vistoso
plumaje y, en cambio, desdeña a las aves cantoras;
pero yo sabía que tú no me rechazarías.
La princesa le dijo que desde ese momento serían
amigos y que le prometiera que volvería a la misma hora
para verse y escuchar su lindo canto. Y
así lo hizo el pequeño ruiseñor.
Una vez, el pajarillo llegó con mucho
retraso a la cita y tiritando de tal
forma que Litay Fo se compadeció
de él. Parecía muy enfermo y había que
resguardarlo del frío del invierno.
—Mi pequeño amigo —le dijo la princesa—,
esto no puede seguir así.
Desde mañana nos veremos
en mi dormitorio, donde
el calor te ayudará.

—Tienes un buen corazón, Litay Fo.

Ya se habían visto algunas semanas en el dormitorio, cuando una mañana entró de pronto el emperador. Viendo que el pajarillo descansaba feliz entre las manos de su hija, reprendió a ésta muy molesto:

—¡Litay Fo! ¿Cómo te has atrevido a hacer entrar a tus habitaciones a este sucio pajarillo, sin consultar antes conmigo? Mira a tu alrededor y admira la belleza del plumaje de mis pájaros.

La hija del emperador bajó la cabeza y contestó humildemente:

—Perdóname, padre. No quiero a tus pájaros, aunque bellos, porque son mudos.

El monarca pareció no comprender a su hija y, en un arrebato, sacó su pañuelo de seda y con él espantó al pobre ruiseñor.

Litay Fo languideció, desde entonces, de soledad y tristeza. Ya no salía a pasear por la playa ni iba a echarse en el prado.

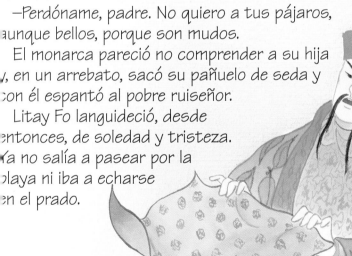

107

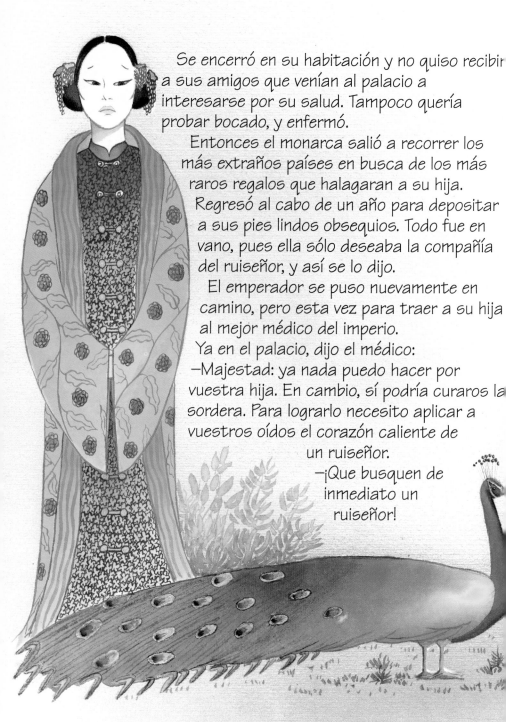

Se encerró en su habitación y no quiso recibir a sus amigos que venían al palacio a interesarse por su salud. Tampoco quería probar bocado, y enfermó.

Entonces el monarca salió a recorrer los más extraños países en busca de los más raros regalos que halagaran a su hija.

Regresó al cabo de un año para depositar a sus pies lindos obsequios. Todo fue en vano, pues ella sólo deseaba la compañía del ruiseñor, y así se lo dijo.

El emperador se puso nuevamente en camino, pero esta vez para traer a su hija al mejor médico del imperio.

Ya en el palacio, dijo el médico:

—Majestad: ya nada puedo hacer por vuestra hija. En cambio, sí podría curaros la sordera. Para lograrlo necesito aplicar a vuestros oídos el corazón caliente de un ruiseñor.

—¡Que busquen de inmediato un ruiseñor!

Salieron varios emisarios en pos del ruiseñor amigo de Litay Fo y lo encontraron pronto. Ya en presencia del médico, éste le explicó que era menester arrancarle el corazón para curar la sordera del emperador.

—Podéis disponer de mí —dijo el ruiseñor—; yo sé que Litay Fo se sentirá feliz cuando vea que su padre ha recobrado su oído. Hay muchos ruiseñores en el mundo y pronto encontrará otros amigos mejores que yo.

Los ojos del emperador se anegaron de lágrimas al apreciar la gran bondad del ruiseñor. Y finalmente, no permitió que se le matara, aunque su sordera fuera eterna.

Desde entonces el ruiseñor volvió a verse con Litay Fo y el emperador comprendió al fin que la belleza sola no es lo que más vale en el mundo, sino la abnegación.

Pegaojos

Le llamaban Pegaojos y decían que nadie en el mundo sabía los cuentos como él.

Pegaojos era un duendecillo que todas las noches, cuando los niños están todavía sentados a la mesa, subía las escaleras quedito, quedito, pues iba descalzo, sólo con calcetines, abría las puertas sin hacer ruido y, ¡chitón!, vertía en los ojos de los pequeñuelos leche dulce, con cuidado, con cuidadito, pero siempre bastante para que no pudieran tener los ojos abiertos y, por tanto, verle a él. Se deslizaba por detrás, les soplaba suavemente en la nuca y se quedaban dormiditos.

A los niños no
les dolía, pues
Pegaojos era su
mejor amigo y
sólo pretendía
que estuviesen
quietos. Para ello
era mejor
aguardar a que
estuviesen
acostados.
Cuando los niños
estaban ya dormiditos,
Pegaojos se sentaba en la
cama. Iba muy bien vestido,
con un traje de seda; es
imposible decir de qué color, pues
tenía destellos verdes, rojos o
azules, según sus movimientos.
¡Ah!, llevaba dos paraguas,
uno debajo de cada brazo.

Uno de estos paraguas estaba adornado con bellas imágenes y era el que abría sobre los niños buenos; entonces ellos soñaban durante toda la noche con los cuentos más deliciosos; el otro paraguas carecía de estampas y lo desplegaba sobre los niños traviesos, que se dormían como marmotas y por la mañana despertaban sin haber tenido ningún sueño.

La rosa más bella del mundo

Érase una reina muy poderosa en cuyo jardín lucían las flores más hermosas de cada estación del año. La soberana prefería las rosas por encima de todas y por eso las tenía de todas las variedades, desde el escaramujo de hojas verdes y color de manzana hasta la más magnífica rosa de Provenza.

Pero, ¡ay!, en el palacio moraban la tristeza y la aflicción. La Reina yacía enferma en su lecho y los médicos decían que iba a morir.

—Hay un medio de salvarla, sin embargo —afirmó el más sabio de ellos—. Traedle la rosa más espléndida del mundo, la que sea expresión del amor puro y más sublime. Si puede verla antes de que sus ojos se cierren, no morirá.

Y ya tenéis a viejos y jóvenes acudiendo, de cerca y de lejos, con rosas, las más bellas que crecían en todos los jardines; pero ninguna era la requerida.

Los poetas cantaron las rosas más hermosas del mundo. El mensaje corrió por todo el país, llegando a cada corazón en que el amor palpitaba. Mas el sabio decía:

—Nadie encuentra la flor requerida y, mientras tanto, la Reina languidece y yo la cuido con la rosa mágica de la Ciencia.

Un día se presentó a la cabecera de la Reina una madre feliz con su hijito y dijo:

-Sé dónde se encuentra la rosa más preciosa del mundo, la que es expresión del amor más puro y sublime. Florece en las rojas mejillas de mi hijito cuando, restaurado por el sueño, abre los ojos y me sonríe con todo su amor.

—Bella es esa rosa —contestó el sabio—, pero hay otra más bella aún.

—¡Sí, otra mucho más bella! —dijo una de las mujeres—. La he visto; no existe ninguna que sea más noble y santa. Pero era pálida como los pétalos de la rosa de té. En las mejillas de la Reina la vi.

116

La Reina se había quitado la real corona y en las largas y dolorosas noches sostenía a su hijo enfermo, llorando y rogando a Dios por él, como sólo una madre ruega a la hora de la angustia.

—Santa y maravillosa es la rosa blanca de la tristeza en su poder, pero tampoco es la requerida.

—No; la rosa más incomparable la vi en el altar del Señor —afirmó el anciano obispo—. La vi brillar como si

reflejara el rostro de un ángel. Las doncellas se acercaban a la sagrada mesa, renovaban el pacto de alianza de su bautismo y en sus rostros lozanos se encendían unas rosas y palidecían otras. Había entre ellas una muchachita que, henchida de amor y pureza, elevaba su alma a Dios; era la expresión del amor más puro y más sublime.

—¡Bendita sea! —exclamó el sabio—, mas ninguno ha nombrado aún la rosa más bella del mundo.

En esto entró en la habitación un niño, el hijito de la Reina; había lágrimas en sus ojos y en sus mejillas, y

traía un gran libro abierto, encuadernado en terciopelo,
con grandes broches de plata.

—¡Madre! —dijo el niño—. ¡Oye lo que acabo de leer!

Y sentándose junto a la cama, se puso a leer acerca de
Aquél que se había sacrificado en la cruz para salvar a los
hombres y a las generaciones que no habían nacido.

—¡Amor más sublime no existe!

Encendióse un brillo rosado en las mejillas de la Reina,
sus ojos se agrandaron y resplandecieron, pues vio que de
las hojas de aquel libro salía la rosa más espléndida del
mundo, la imagen de la rosa que, de la sangre de Cristo,
brotó del árbol de la Cruz.

—¡Ya lo veo! —exclamó—. Jamás morirá quien contemple
esta rosa, la más bella del mundo.

La vendedora de fósforos

Era víspera de Año Nuevo y todo el mundo marchaba apresurado por las calles, llevando paquetes de turrones y golosinas bajo el brazo. La noche de invierno era fría y la nieve caía copiosamente.

Todos paseaban felices pensando en la fiesta que iban a celebrar en sus casas. Todos, menos una pobrecita niña vendedora de fósforos, quien, por desgracia, había perdido las zapatillas viejas de su mamá al correr para salvarse de un atropello.

La nieve que caía sobre su rubio cabello lo había ondulado graciosamente en torno a su cara.

Dentro de su roto delantal, llevaba unas cuantas cajas de fósforos, que ofrecía a los que paseaban; pero éstos no le hacían ningún caso.

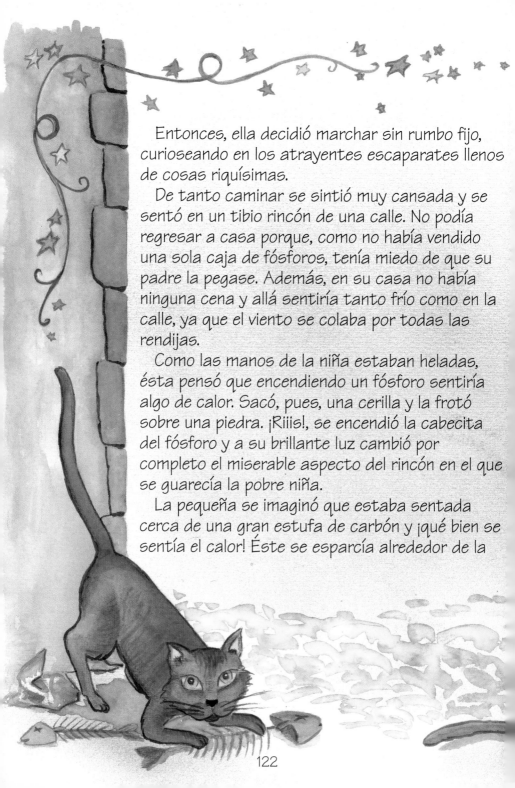

Entonces, ella decidió marchar sin rumbo fijo, curioseando en los atrayentes escaparates llenos de cosas riquísimas.

De tanto caminar se sintió muy cansada y se sentó en un tibio rincón de una calle. No podía regresar a casa porque, como no había vendido una sola caja de fósforos, tenía miedo de que su padre la pegase. Además, en su casa no había ninguna cena y allá sentiría tanto frío como en la calle, ya que el viento se colaba por todas las rendijas.

Como las manos de la niña estaban heladas, ésta pensó que encendiendo un fósforo sentiría algo de calor. Sacó, pues, una cerilla y la frotó sobre una piedra. ¡Riiis!, se encendió la cabecita del fósforo y a su brillante luz cambió por completo el miserable aspecto del rincón en el que se guarecía la pobre niña.

La pequeña se imaginó que estaba sentada cerca de una gran estufa de carbón y ¡qué bien se sentía el calor! Éste se esparcía alrededor de la

niña y reanimaba sus ateridos miembros; pero… se apagó la cerilla y la ilusión se acabó.

Alentada por el resultado anterior, la niña sacó otra cerilla y la frotó sobre la piedra. ¡Riiis!, y la luz esta vez fue tan brillante que la pared de la casa se hizo transparente, y la niña se encontró sentada, junto con otros niños que eran hijos de la familia que habitaba la casa, alrededor de una espléndida mesa que estaba llena de exquisitos manjares.

La boca de la niña se llenó de saliva y ya se disponía a empuñar su tenedor cuando se apagó la segunda cerilla y no quedó de ella más que un palo quemado.

La niña encendió un tercer fósforo y se vio al pie de un árbol de Navidad, lleno de luces; pero una ráfaga de viento helado apagó la llama de la cerilla y las luces del árbol de Navidad se subieron a las estrellas.

«Eso es que alguien se muere» pensó la niña,
viendo que una estrellita corría por el cielo.
   Había oído decir a su abuelita que cuando hay
una lluvia de estrellas es porque éstas bajan a
la tierra a llevarse el alma de los que mueren.
   Un cuarto fósforo encendió una claridad
azulada, en el centro de la cual estaba su

abuela, que había muerto hacía ya tiempo. La buena abuelita la miraba dulcemente y ya no tenía ese aspecto de frío y de fatiga que tenía cuando murió, sino que se mostraba hermosa y sonriente.

—Abuelita —le dijo la niña—, llévame contigo. No me dejes aquí, que me estoy muriendo de frío.

La abuela cogió a la niña en sus brazos y subió al cielo con ella. Allí ya no tendría frío y ya no sufriría.

Los asistentes a los bailes, que en la madrugada
retornaban a sus casas, encontraron el cuerpo de la
pequeña vendedora de fósforos, que había muerto de frío.
    Su hermosa carita inocente mostraba una felicidad que
nadie comprendió, porque nadie había visto las cosas que
ella contempló, sólo ella, a la luz mortecina de una caja de
fósforos.

La caja de yesca

Un soldado, que había sido licenciado, retornaba a su casa cantando una canción de cuartel, cuando se le presentó en el camino una feísima mujer, quien le dijo:

—¡Buenas tardes, soldado! ¿Quieres ser rico? Pues métete dentro de ese tronco hueco y cuando hayas bajado al fondo, verás las puertas de tres habitaciones. En la primera hay un perro con ojos como platos,

encima de un cofre lleno de monedas de cobre. No te hará nada si le colocas encima mi delantal de cuadritos, y podrás coger cuanto desees. En la segunda, verás un perro con ojos como ruedas de molino, encima de un cofre lleno de monedas de plata. Ponlo sobre mi delantal y coge lo que quieras; y, por fin, llegarás a la tercera habitación, defendida por un perro con ojos como torres, al que podrás inutilizar igual que a los demás, y tomar todas las monedas de oro que gustes.

—¿Y tú? —exclamó el soldado—, ¿no quieres dinero?

—Me contento con una caja de yesca que hay sobre una mesita. Tráemela.

El soldado accedió y todo se desarrolló como la vieja había dicho. Pensando que con el oro se conseguiría todo, el soldado llenó los bolsillos con

las monedas, más una bolsita. Cogió la caja de yesca y
se la enseñó a la bruja, al tiempo que le preguntaba.

—¿Y para qué quieres esa caja de yesca?

—No puedo decírtelo —contestó la vieja.

—Pues si no me lo dices, no te la daré nunca.

La bruja se enfureció tanto que le dio un ataque y se murió.

Nuestro amigo continuó adelante y llegó a una hermosa
ciudad, que era la capital del reino. Hizo allí bastantes
amigos, que le mostraron la ciudad y le hablaron de una
princesa que era bellísima. El soldado sintió curiosidad por
conocerla, pero le dijeron que era imposible ya que jamás
salía del castillo en el que estaba confinada.

Nuestro protagonista mantuvo una vida divertida,
gastando las monedas que había obtenido del árbol,

hasta que un día tuvo la triste evidencia de que no le quedaba ninguna. Quedó pobre nuevamente y por su indigencia tuvo que verse obligado a ocupar una buhardilla modesta, en la cual hubo una noche que ni tuvo una cerilla para encender la luz. Se acordó de la caja de yesca, la sacó, dio un golpe en el eslabón y, al momento, se le presentó a su lado el perro de los ojos como platos, el cual le dijo:

—¿Qué pide mi amo?

—Tráeme algún dinero —contestó el soldado, comprendiendo al momento que si golpeaba una vez sobre el pedernal, acudiría el perro de los ojos como platos; si pegaba dos, el de los ojos como ruedas de molino; y si pegaba tres, el de los ojos como torres.

Llamó tres veces y acudió el más grande de los perros, al cual ordenó:

—Tráeme de inmediato a la princesa encastillada, pues deseo conocerla.

No habían pasado cinco minutos, cuando volvió el perro con una lindísima princesa dormida sobre su lomo. El soldado, turulato ante la belleza, quedó además prendado vivamente de ella. Pero el perro la devolvió a su castillo y, al día siguiente, dijo la princesa a su padre:

—Papá: he soñado que un enorme perro me llevaba sobre su lomo y que un soldado me daba un beso en la frente.

El rey nada dijo, pero ordenó a una dama que vigilara y, al llegar la noche, cuando el perro salía con la princesa sobre su lomo, la dama le siguió y marcó con una cruz la puerta del soldado. A la mañana siguiente llegaron muchos

guardias y detuvieron a nuestro protagonista, diciendo:

—¡Date preso, en el nombre del rey! Le encerraron luego en un oscuro calabozo, asegurándole que aquella misma noche sería ahorcado. El soldado se desesperaba por su infortunio; pero en eso se acordó de la caja de yesca que llevaba en el bolsillo y se tranquilizó. Cuando ya le iban a colgar, dijo al rey:

—¿Me concedéis la gracia de fumar mi pipa por última vez? El soberano accedió y el soldado pegó seis veces sobre el pedernal, presentándose er el acto los tres perros.

—¡No dejéis que me ahorquen! —gritó el soldado a sus animales.

Los perros comenzaron a morder al rey y a sus cortesanos, con tal furia, que aterrorizado aquél, gritó:

—¡Esperad! ¡Dejaré que te cases con mi hija la princesa!

De esta manera el soldado consiguió cumplir un imposible anhelo: casarse con la bella joven, de quien se había enamorado perdidamente.

Y la joven pareja fue muy feliz.

El traje del emperador

Hubo un país muy rico que estaba gobernado por un poderoso emperador. Tenía fama de ser justo y bueno, pero poseía un defecto: era muy presumido y padecía de una desmedida afición por los vestidos. Era tanta su vanidad, que en un mismo día cambiaba varias veces sus trajes.

Esta vanidosa afición le robaba mucho tiempo y distraía su función de gobernante.

Pero sucedió algo que le curó para siempre. Iba a celebrarse una fiesta muy importante para el imperio y el

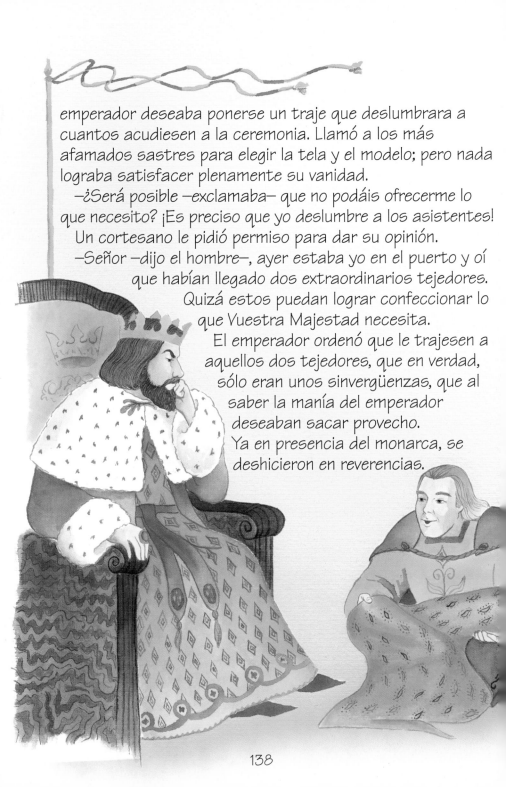

emperador deseaba ponerse un traje que deslumbrara a cuantos acudiesen a la ceremonia. Llamó a los más afamados sastres para elegir la tela y el modelo; pero nada lograba satisfacer plenamente su vanidad.

—¿Será posible —exclamaba— que no podáis ofrecerme lo que necesito? ¡Es preciso que yo deslumbre a los asistentes!

Un cortesano le pidió permiso para dar su opinión.

—Señor —dijo el hombre—, ayer estaba yo en el puerto y oí que habían llegado dos extraordinarios tejedores. Quizá estos puedan lograr confeccionar lo que Vuestra Majestad necesita.

El emperador ordenó que le trajesen a aquellos dos tejedores, que en verdad, sólo eran unos sinvergüenzas, que al saber la manía del emperador deseaban sacar provecho.

Ya en presencia del monarca, se deshicieron en reverencias.

—Vuestra fama —empezó a decirles el emperador— ha legado hasta mi palacio. Celebraremos pronto una fiesta y quiero saber qué telas me ofrecéis para hacer el traje que debo llevar

—¡Ah, señor! —contestó uno de los pillos—. La tela con la que ha de hacerse el traje que debe llevar Vuestra Majestad no ha sido creada aún. Nadie la ha visto ni debe verla hasta que no sea absolutamente vuestra. Esa tela debe ser hecha especialmente para Vos y, para hacerla, emplearemos un procedimiento secreto. Jamás nadie se ha vestido con ella y sólo para Vos se hará por primera y única vez. Con esa tela le haremos un traje que será la admiración de todo el mundo.

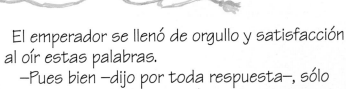

El emperador se llenó de orgullo y satisfacción al oír estas palabras.

—Pues bien —dijo por toda respuesta—, sólo falta que me digáis en qué consiste lo raro de esa tela y qué necesitáis.

—Señor, la tela es, en sí, maravillosa. Debe hacerse con hilos de oro y plata. Pero lo raro de la tela es que será invisible para todos aquellos que ocupen cargos que no le corresponden o que son rematadamente tontos.

El emperador pensó que no sólo llevaría el más sensacional de los trajes, sino que podría saber quiénes de sus ministros y consejeros ocupaban cargos que no merecían o que eran verdaderamente tontos.

Ordenó que se instalaran en el palacio pues quería tenerlos cerca para informarse del progreso del tejido.

Pasó el tiempo y los dos tejedores pedían continuamente que les proveyeran de hilos de oro y plata. Armaron allí el telar y simulaban tejer durante todo el día. Por supuesto, los hilos los guardaban cuidadosamente y nada había en el telar. Pero ellos hacían los movimientos del que teje y, de vez en cuando, se interrumpían para contemplar la obra, exclamando en alto:

—¡Estupendo! ¡Maravilloso!

Los curiosos que les oían informaban al emperador. Éste se moría ya por ver la tela, pero debía esperar a que el trabajo estuviera adelantado.

Un día, preso de impaciencia, encargó a su primer ministro que fuera a ver la tela. El buen hombre se dirigió a la habitación donde tejían los pillos y, por más

que miraba, no veía la famosa tela. Entonces le invadió un miedo terrible. ¿Sería tonto de remate? ¿Estaría ocupando un puesto que no merecía? Convencido de que algo tenía que ser, fingió asombrarse ante la hermosura del género.

—¡Estupendo! ¡Sí! —exclamó—. ¡Esto es realmente digno del emperador! Corro a informarle de que estáis tejiendo una tela soberana.

Y luego, con fingido entusiasmo, informó al emperador de que la tela que estaban tejiendo era maravillosa.

Esta noticia aumentó la curiosidad del monarca que, día tras día, enviaba a un nuevo emisario para que le diera cuenta del avance del trabajo. Todos volvían con la misma admiración pintada en el rostro y, poniendo los ojos en blanco, decían los mismos elogios porque les dominaba el miedo de confesar que nada veían.

Por fin los tejedores anunciaron que el tejido estaba concluido y que deseaban tomar medidas a Su Majestad para la confección del traje.

El emperador se tomó medidas, lleno de orgullo al poder deslumbrar a sus invitados con un traje jamás visto.

Llegó el momento en que los pillos anunciaron que el traje estaba listo y, haciendo como que lo sacaban de un cofre, simularon que lo exhibían a los ojos del monarca. No hubo uno solo de los cortesanos que no lanzara una exclamación:

—¡Bellísimo! ¡Hermoso! ¡Inigualable!

El emperador no sabía qué cara poner, porque, en verdad, él no veía nada. Pero luego comprendió que tenía que fingir o de lo contrario todos creerían que era tonto o que no merecía ser monarca.

—¡Magnífico! —murmuró con voz ahogada.

Y no tuvo más remedio que quedarse en calzoncillos. Los falsos sastres hicieron como que le vestían y al final le invitaron a que se mirase al espejo. Por más que se miraba y remiraba, no lograba ver el traje y sí los calzoncillos con pintas rojas. Luego los pillos se inclinaron y le dieron paso.

Y así salió el emperador por entre la doble fila de cortesanos, hasta llegar a su carruaje descubierto, desde donde se exhibía ante su pueblo.

Arrancó el coche y pronto los vítores empezaron a escucharse:

—¡Qué traje tan soberbio!

¡Jamás se ha visto tela igual!

¡El emperador está elegantísimo!

El monarca estaba empezando a creer que sólo él no veía el traje, cuando ocurrió algo singular. Había entre la multitud una mujer que, al pasar el emperador, levantó a su niño en brazos para que lo viera mejor. Y el pequeño, que no sabía nada de las virtudes de la tela, gritó:

—¡El emperador está en calzoncillos!

Todos se rieron, a pesar del respeto que sentían por su monarca. En efecto, aquel niño decía la verdad: el emperador iba en calzoncillos.

El monarca enrojeció de cólera y de vergüenza. Se suspendió el desfile y el enfurecido soberano dio orden de arrestar a los dos pillos; pero éstos ya habían huido llevándose el oro y la plata que les había entregado el vanidoso emperador.

Desde entonces el monarca se curó de su manía y nunca más volvió a dar tanta importancia a sus atuendos.

Nicolasín y Nicolasón

Hace mucho tiempo hubo un pueblo donde vivían dos hombres que tenían el mismo nombre: Nicolás.

Uno era rico y poseía cuatro caballos para las labores de labranza; y el otro era pobre y sólo tenía un caballo. La gente los llamaba Nicolasón y Nicolasín, respectivamente.

Nicolasón ocupaba a Nicolasín durante los días hábiles de la semana en arar sus campos; y el domingo, Nicolasín podía arar el suyo con los cuatro caballos de aquél.

Un domingo, Nicolasín hizo estallar su fusta sobre uno de los caballos de Nicolasón, y éste, que tenía muy mal genio y quería mucho a sus caballos, cogió una fuerte maza y descargó tal golpe al caballo de Nicolasín, que lo dejó muerto en el acto.

147

El desolado Nicolasín desolló al animal y, después de secar su piel y de meterla dentro de un saco, se fue a venderla al mercado vecino.

Por el camino le sorprendió una violenta tempestad, por lo que tuvo que pedir refugio en una casita:

—¿Podríais darme albergue por esta noche? —preguntó a una mujer que salió a abrirle.

—Lo siento mucho —contestó ella—; no está mi marido y no acostumbro recibir a desconocidos en su ausencia.

Nicolasín divisó un cómodo pajar que estaba junto a la casa y, ni corto ni perezoso, se acomodó en él, observando que a través del suelo, por unas rendijas, se filtraban unos hilillos de luz. Se puso a observar y vio a la granjera y a un sacristán, sentados en torno de una mesa bien servida.

En aquel momento se oyeron por el camino los pasos del marido de la granjera y ésta, que sabía del odio que su esposo sentía por los sacristanes, dijo a su hermano el sacristán (que en efecto lo era el que allí estaba) que se escondiese en la alacena que había cerca del horno, al tiempo que guardaba los manjares.

Cuando entró el granjero, vio a Nicolasín subido en el techo del pajar y en vez de molestarse, pues era hombre bueno, le invitó a cenar con él.

Nicolasín accedió de buen talante, pero vio decepcionado que la granjera sólo sacaba un plato de sopa. Y, ocurriéndosele una idea, dijo:

—En este saco llevo un duende, que me dice que nos invita a comer una cena que hay dentro del horno.

La mujer no tuvo otra alternativa que sacar la exquisita cena que había escondido y Nicolasín y el granjero comieron hasta decir basta.

—Oye —dijo el granjero—, ¿no podrías decir a tu duende que nos enseñase al diablo?

Nicolasín hizo como que consultaba al duende y dijo:

Dice que lo encontraremos dentro de la alacena, vestido de sacristán.

El granjero abrió la alacena y, viendo al sacristán, dijo:

—Es verdad, y se parece mucho al pillo de mi cuñado. Mira: te ofrezco una bolsa de oro por el duende, a condición de que tires la alacena al río.

Nicolasín aceptó y ya se encaminaba al río cuando el sacristán, sacando la cabeza, le suplicó:

—Te daré otra bolsa de oro si me dejas irme.

Nicolasín aceptó, y cargado de dinero, retornó al pueblo, donde dijo a Nicolasón:

—Mira lo que me han pagado por la piel de mi caballo.

El tonto de Nicolasón se lo creyó y mató a sus caballos. Se fue al mercado y pidió dos bolsas de oro por cada piel.

La gente lo tomó por loco y lo echaron a pedradas. Entonces éste, lleno de rabia, cogió a Nicolasín, lo metió en un saco y se fue a tirarlo al río. Por el camino entró en una posada y dejó el saco en la puerta.

—¡Ay! —decía Nicolasín dentro de saco—. Aún no deseo ir al cielo.

—Yo sí —le contesto un viejo pastor de vacas que lo oyó.

—Si quieres, cambiamos —dijo Nicolasín.

Y cambiaron, metiéndose el pastor dentro del saco.

Nicolasón salió de la posada, arrojó el saco al río y ya se dirigía a su casa, cuando vio a Nicolasín apacentando el rebaño de vacas del pastor. Asombrado le preguntó:

—¿Dónde has encontrado estas vacas?

—Pues en el fondo del río —contesto Nicolasín—. Allí hay muchos prados de ganado.

El tonto de Nicolasón se lo creyó y dirigiendose al río, se tiró a él donde había un gran remolino, ahogándose sin que nadie pudiera salvarlo.

Y como todo cuento se acaba, éste también tuvo su fin.

Las zapatillas rojas

Para Catalina, una pobre aldeana huérfana, no todo eran lágrimas y miseria. Aunque falta de recursos, vivía feliz con sus diminutas zapatillas rojas, su único tesoro, y es que aquellas minúsculas zapatillas, de finísimo raso carmesí, tenían la propiedad, por arte de encantamiento o sortilegio, no lo sabemos, de hacer danzar los bailes más delicados a quien tuviera la suerte de calzarlas.

Así, cuando fue prohijada por una bondadosa matrona de su pueblo, Catalina pensó de todo corazón: «Mis zapatillas me han traído suerte».

Los domingos en vez de ponerse botas negras para ir a misa, llevaba sus zapatillas de baile.

A la entrada del templo había un soldado anciano que se ganaba la vida quitando el polvo del calzado de los fieles. Un domingo, al ver las zapatillas de Catalina, las golpeó suavemente y dijo:

—¡Ojalá se te peguen a los pies cuando bailes!

Durante los oficios divinos, Catalina sólo pensaba en la finura de sus zapatillas rojas.

153

—Sí, muy bonitas son tus zapatillas...
—le dijo el soldado al salir.

Entonces Catalina empezó a danzar y sólo quitándose las zapatillas podía cesar en sus danzas.

Al día siguiente fue invitada a un baile, pero habiéndose enfermado la matrona que la había adoptado, no tuvo Catalina otro remedio que quedarse en casa.

—No importa —se dijo—, me pondré mis zapatillas rojas.

Se las calzó y salió a la calle, y se puso a danzar dirigiéndose al bosque. Allí vio al soldado, quien le dijo al pasar:

—¡Qué bonitas son tus zapatillas!

Catalina quiso quitárselas, pero no pudo, y así siguió bailando día y noche por campos, colinas y pantanos. Al querer entrar en el templo, se le presentó el soldado a la puerta diciéndole:

—¡Qué bonitas zapatillas llevas!

Pero ella siguió bailando cada vez más aprisa sin importarle la lluvia, el viento, ni las tinieblas.

154

Una noche, danzando sobre la laguna, llegó a la cabaña de un verdugo y llamó a la puerta.

—Yo corto la cabeza a los criminales —dijo el verdugo.

—No me cortes la cabeza, sino los pies —le dijo Catalina. Y refiriéndole lo ocurrido le persuadió para que le cortase los pies, los cuales seguían bailando dentro de las zapatillas rojas, sobre la tersa superficie de la laguna.

El verdugo hizo un par de pies de madera para Catalina. Luego, se encaminó la muchacha a casa de un sacerdote y allí aprendió a ser buena en los oficios religiosos.

En la mañana de un domingo, cuando todos estaban en la iglesia, Catalina pidió perdón humildemente a Dios. De repente apareció un ángel y tomando a la cojita en sus brazos se la llevó al cielo.

El jardín del paraíso

Este era un príncipe bien parecido y muy inteligente, que había estudiado mucha geografía, de modo que conocía bien dónde se encontraban todos los lugares del mundo.

Lo único que atormentaba al joven era no poder precisar la ubicación del Paraíso Terrenal. Por más que revisó libros sagrados y de los otros, no consiguió conocer su emplazamiento. Por ello continuamente decía:

—Si yo hubiera estado en el Paraíso Terrenal, Adán y Eva no habrían pecado.

Como este modo de pensar acusaba cierta soberbia del príncipe, Dios le dio una lección.

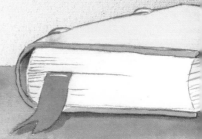

Un día, iba el príncipe paseando por el bosque, cuando se desencadenó una violenta tormenta que le hizo perder la orientación. Estaba completamente mojado; entonces, divisó una gruta, a la entrada de la cual había sentada una mujer de gran estatura.

—Pasa —le dijo ella— y toma asiento al lado del fuego.

—Hay aquí mucha corriente de aire —le respondió el príncipe.

—¿Corriente de aire? —rió la mujer—. La cosa se agravará cuando vengan mis cuatro hijos, que son los vientos.

Confirmando sus palabras, se presentó el viento Norte.

—Vengo de los mares árticos —dijo—. He visto a los hombres

cazar morsas, y a los osos blancos
uchar por su existencia.

Pero el viento Oeste, que
acababa de entrar, le interrumpió:

—Vengo de la augusta soledad
de los bosques. Podría contarles
sus historias íntimas…, pero
hay que ser discretos.

Luego apareció el viento Sur, que
comentó:

—Cuando atravesaba el desierto, me he
encontrado con una caravana y, levantando
con mi soplo montones de arena, la he
sepultado para siempre…

—No has debido portarte así. Eso es
crueldad y te voy a castigar metiéndote en un
saco de cuero —dijo la madre.

Y, como lo dijo, lo hizo. Luego entró el
viento Este.

—¿Fuiste al Jardín del Paraíso? —le
preguntó su madre.

—No he podido ir;
mañana lo haré.

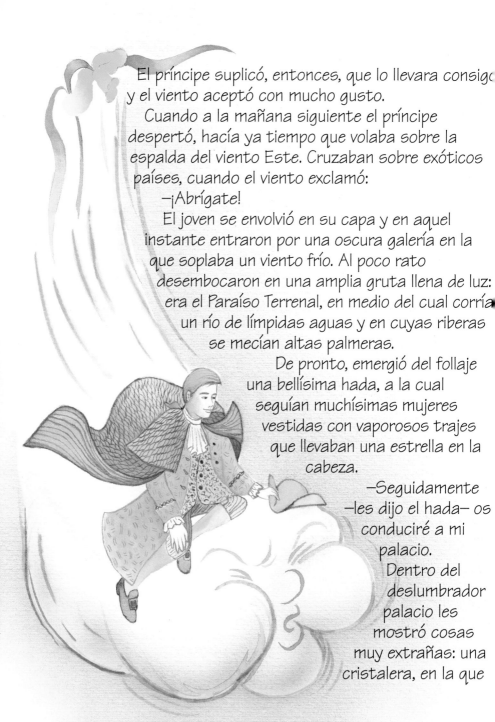

El príncipe suplicó, entonces, que lo llevara consigo y el viento aceptó con mucho gusto.

Cuando a la mañana siguiente el príncipe despertó, hacía ya tiempo que volaba sobre la espalda del viento Este. Cruzaban sobre exóticos países, cuando el viento exclamó:

—¡Abrígate!

El joven se envolvió en su capa y en aquel instante entraron por una oscura galería en la que soplaba un viento frío. Al poco rato desembocaron en una amplia gruta llena de luz: era el Paraíso Terrenal, en medio del cual corría un río de límpidas aguas y en cuyas riberas se mecían altas palmeras.

De pronto, emergió del follaje una bellísima hada, a la cual seguían muchísimas mujeres vestidas con vaporosos trajes que llevaban una estrella en la cabeza.

—Seguidamente —les dijo el hada— os conduciré a mi palacio.

Dentro del deslumbrador palacio les mostró cosas muy extrañas: una cristalera, en la que

160

e veían representados todos los
echos acaecidos en el orbe; un lago
e cristalinas aguas, que era
urcado por una embarcación,
esde la cual podían verse los
iás exóticos países.

—¿Quieres quedarte aquí
ara siempre? —dijo el hada.

—¡Sí! —respondió
nsioso el príncipe.

—Para ello tendrás
ue salir airoso primero
e una prueba a la que
e someteré —le
dvirtió el hada—.

Esta noche, cuando las estrellas brillen en el firmamento, te pediré que vengas conmigo al pie del árbol del Bien y del Mal. No debes seguirme por más que yo te lo pida. Si no obedeces serás expulsado para siempre de este hermoso lugar.

El príncipe dio su palabra de seguir sus instrucciones, pero durante la cena bebieron tan deliciosos vinos, que su cabeza bailaba sobre sus hombros; de modo que cuando la dulce voz del hada le invitó a seguirla, el príncipe echó a caminar tras ella, sin fuerzas para resistirse a aquella tentación.

De inmediato se oyó un trueno tremendo y el hada se hundió en la tierra y con ella todo el Paraíso Terrenal.

El príncipe cayó al suelo desvanecido.
Cuando volvió en sí, se encontró en la
caverna de los cuatro Vientos. En lo alto
del cielo brillaba una estrella solitaria.

—¿Tú eres el que no pecaría en el
Paraíso Terrenal? —le dijo la alta mujer,
riendo.

El príncipe se marchó avergonzado de
aquel lugar y jamás volvió a nombrar el
Paraíso Terrenal, y mucho menos lo que
él hubiera sido capaz de hacer en él.

Esto nos enseña que los hombres
tenemos poderes
ilimitados.

El lino

Había florecido el lino y era digna de admirar aquella extensión azul, que parecía un precioso trasunto del cielo en la tierra. No había una sola planta que no estuviese coronada de bonitas flores de un azul vivo y luminoso, y de hojitas tan delicadas como alas de mariposas.

El sol y el agua abrillantaban la belleza de aquel campo de lino en flor y el aire suave de la mañana producía en él cambiantes ondulaciones de admirable efecto decorativo.

—La gente me mira mucho y alaba el color de mis flores lo esbelto de mis tallos. El sol y la lluvia me acarician com pares cariñosos, y me siento feliz.

—Felicidad de un día —le contestó el helecho vecino—. Conozco el mundo mejor que tú y sé que la canción de las flores dura muy poco.

El lino se entristeció con esta frase, pero no podía creer que tanta gala tuviese tan inmediato fin.

«No puede ser» decía para sí. «Mañana volverá a lucir el sol y vendrá a bañarme cariñosamente la lluvia. Me siento crecer y revivir a cada momento que pasa. ¿Por qué se ha de acabar tan pronto esta canción?»

Un día, llegaron unos hombres y lo arrancaron de raíz produciéndole un gran dolor. Lo sumergieron en el agua, como para ahogarlo; después, lo acercaron al fuego como para quemarlo. Todo esto fue muy penoso para el lino, pero no se desesperó:

—Ya que no es siempre posible que seamos felices, debemos ser sufridos. Tal vez sirva para algo el dolor.

Y no eran pocas, en verdad, las desgracias que aguardaban al lino. Lo hirvieron, lo asaron, lo dividieron en fibras finísimas, lo peinaron y lo trituraron en una rueca, hasta dejarlo en hilos delgados y resistentes. En medio de estas transformaciones dolorosas pensaba para sí:

«Como he sido muy feliz también puedo sufrir mis desdichas.»
Y, mientras lo metían en el telar, iba pensando en el sol, en la
lluvia y en la brisa de la tarde que tan dulcemente jugaba con él.
De pronto, se vio convertido en un precioso lienzo blanco y
empezó de nuevo para él una segunda era de felicidad.
—¡Qué maravilloso es esto! —decía—. ¡Quién hubiera creído que
de aquella débil planta saldría una tela tan preciosa y
resistente! Se equivocaba el helecho al decir que allí
se acababa la canción. Ahora es cuando empieza.
Lo extraño es que después de tanto sufrir soy más
fuerte, más largo y más fino. En el
campo sólo era una mata
florida que agradaba a la
vista. Si no llovía, no tenía
agua siquiera para
refrescarme.
Ahora todos
me cuidan y
me quieren.

Un camisero hábil hizo del nuevo
lienzo una preciosa prenda de
vestir.

—¡Qué suerte! —decía el lino así
transformado—. ¡De este
modo soy no sólo agradable,
sino también útil al mundo!
Pasaron años. La ropa de
lino resistió y sirvió en
aquella forma hasta que se
deshizo en pedazos.
El lino creyó entonces que
había llegado su fin; pero
aquellos trapos fueron
destrozados y convertidos
en pasta, y después de
seca la estiraron y
comprimieron, hasta
convertirla en papel
blanco. Fue éste un
nuevo motivo de
alegría para el lino,
que se creía muerto.
Las gentes que
leían lo que en el
papel se había
escrito, se
hacían, a su

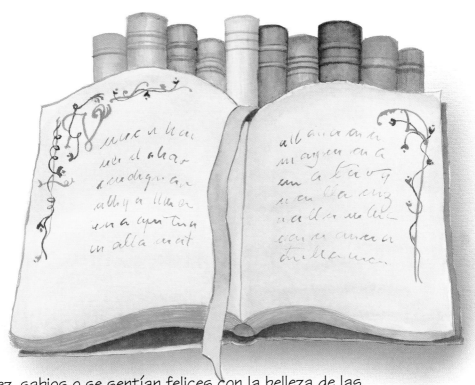

vez, sabios o se sentían felices con la belleza de las poesías.

«¡Nunca soñé con tanta dicha!» pensaba el lino entonces convertido en papel. «Cuando yo era una planta, ¿cómo iba a imaginarme que sería tan útil a la humanidad?»

Pero todavía no se había acabado la canción.

El papel fue destinado más tarde a la imprenta; no tardó mucho en ser un primoroso libro, y muchos miles de libros fueron llevados por el mundo para instruir y deleitar a los niños, y para llevar la sabiduría y la felicidad hasta los más apartados lugares de la tierra.

Si el helecho hubiera estado allí, no hablaría ya tan desdeñosamente del final de la canción.

El abeto

En un apartado bosque, poblado de fuertes y hermosos árboles, se levantaba también un abeto pequeño. Además de pequeño era débil y sus finas ramas apenas se alzaban del suelo, por lo que el abeto se esforzaba en estirarse.

A su alrededor crecían erguidos otros abetos y muchos árboles más. Pero el que más se destacaba era un hermoso roble, de grueso tronco retorcido, en el que las ardillas se desplazaban a sus anchas. Su espeso follaje, además, era ideal para los pájaros. Y entre el ir y venir nervioso de las ardillas y el continuo gorgojeo de las aves, el árbol era el más feliz del bosque. Por eso el pequeño abeto lo envidiaba.

En el roble vivía también una vieja lechuza que
conocía al abeto desde que no era más que un
pequeño tallito enclenque. Tenía por él un gran cariño y
por eso trataba de ayudarlo, y cuando una nueva
bandada de pájaros llegó a instalarse en el roble, la vieja
lechuza les aconsejó acomodarse en el abeto. Los
pájaros se echaron a reír.

—¿Ir a vivir allí? ¡Estás loca, lechuza! Es un árbol muy
pequeño y sus ramas son muy débiles.

Al cabo de un tiempo apareció por allí una familia de
conejos y, dispuesta a cavar la tierra, se arrimó al roble.
La vieja lechuza intervino de nuevo.

—Hay aquí mucha gente. Sé de un lugar donde podréis
vivir muy bien. Allí, debajo de aquel abeto.

Los conejos lanzaron una carcajada burlona.

—¿Bajo ese arbolito tan pequeño? Lo derribaríamos en cuanto empezásemos a cavar; sus raíces son muy débiles.

Y, entre burlas y risas, saltaron junto al pequeño abeto y se marcharon. El arbolito se sintió mortificado, y con toda su alma deseó ser un árbol grande y fuerte. La lechuza lo alentaba, diciéndole que ya llegaría el momento, en tanto que el abeto, en su esfuerzo desesperado, tendía sus ramas hacia lo alto.

Llegó el otoño y vinieron los leñadores.

Observaron atentamente los árboles del bosque y señalaron los que habrían de cortarse. ¡Cómo deseó el abeto ser uno de ellos! Que lo arrancaran y lo llevaran a conocer el mundo. Pero los leñadores, tras probar la fuerza de sus ramas, pasaron de largo.

—Éste es demasiado frágil —dijeron—. No serviría para nada. El pequeño abeto, al oírlos, inclinó sus ramas llorando de pena. Su última esperanza estaba perdida. Entonces, apareció, como siempre, la lechuza para darle consuelo y aliento.

—Yo te aseguro que alguien te querrá —le dijo—. Espera con paciencia y sigue elevando tus ramas hacia el cielo.

El pequeño abeto se decidió a esperar. Y mientras esperaba, su tronco fue haciéndose más fuerte y más alto; sus ramas se extendieron como brazos generosos y las hojas como agujas se multiplicaron en el árbol. Así pasó el tiempo y llegó otro otoño. Volvieron al bosque los leñadores a marcar los árboles que luego debían cortar. El abeto, entonces, extendió orgullosamente sus ramas de agudas hojas verdes.

Pero los leñadores pasaron de largo y, cuando ya el abeto se inclinaba abatido de dolor, le gritó la lechuza:

174

—¡Levántate, abeto! ¡Endereza tus ramas!

Y, al decirlo, lanzó su ronco silbido que atravesó el bosque. Los leñadores se volvieron sorprendidos y se tranquilizaron al ver que solamente era una lechuza la que así los había asustado. Pero, al volverse, uno de ellos reparó en el abeto, que erguía sus ramas como brazos extendidos.

—Ese abeto… ¿No te parece que serviría? —preguntó a su compañero.

—Verdaderamente, sí —asintió el otro—. Es el más indicado.

Y poco después vinieron varios hombres con las hachas afiladas, cortaron el abeto y lo llevaron junto a otros árboles cortados, en una carreta. Sin pena alguna abandonó el abeto el bosque donde naciera. Al fin sería útil. Su amiga, la lechuza, lo despidió con un alegre silbido.

Anduvo la carreta un largo trecho hasta que se detuvo frente a una hermosa casa. Uno de los hombres levantó el abeto y llamó a la puerta.

Cuando la sirvienta abrió, le dijo:

—Aquí traemos el abeto para la fiesta. Es pequeño y hermoso, como lo querían los niños.

El arbolito sintió que bajo el frío tronco su corazón latía de alegría. En aquella casa le esperaba la felicidad más grande de su vida. Un alegre corrillo de niños salió a recibirlo entre risas y gritos de júbilo. Lo llevaron al salón y allí lo metieron en un gran tiesto. Después, ayudados por una señora muy bonita, adornaron sus jóvenes ramas con luces y regalos, y en lo más alto colocaron una brillante estrella. Los niños hicieron una ronda y cantaron hermosas canciones a su alrededor, mientras el papá y la mamá los miraban felices.

—Es el árbol de Navidad más hermoso que hayan tenido jamás los niños —dijo la señora a su marido.

El abeto deseó con toda su alma que hubieran podido oír esas palabras sus amigos del bosque. Y con gran alegría sintió un ligero aleteo en la ventana de vidrios, y vio que su amiga, la lechuza, se alejaba después de haberle saludado.

El patito feo

Junto al foso de un viejo jardín, una pata, echada sobre su nido, daba calor a sus huevos. Hacía varios días que esperaba que sus hijos rompieran el cascarón. Una mañana...

—¡Cuá, cuá! —se oyó de pronto. Y cinco hermosos patitos salieron del nido, mostrando sus suaves cuerpecitos amarillos.

—¡Qué grande es todo esto! —dijo a su mamá el más listo de todos—. ¡Qué grande es el mundo!

La pata lo acarició tiernamente con el ala y le dijo:

—¿Crees que sólo esto es el mundo? Te equivocas, hijo; el mundo es mucho más grande. Se extiende más allá de aquellos vallados. Ahora mismo os llevaré a todos allí, para que podáis admirarlo.

Y cuando la feliz madre se disponía a abandonar el nido, vio, con mucha sorpresa, que medio oculto entre las pajas quedaba todavía un huevo.

—¡Aún falta un huevo! —dijo con cierto fastidio—. ¡Y qué grande y raro es! Pero, en fin, terminaré de empollarlo.

Se echó de nuevo y durante varios días siguió dándole calor. Una mañana, oyó el llanto del recién nacido.

—¡Piú, piú, piú! —decía éste con voz ronca.

—¡Qué feo es! —dijo la pata en cuanto lo vio—. ¿No será un pavo? En fin, ya nos desengañaremos cuando nos echemos al agua.

Su sorpresa fue grande cuando, a la mañana siguiente, todos sus hijitos, incluso el patito feo, se mantenían en el agua con cierta elegancia.

—Quizás me haya equivocado —dijo entonces la mamá,

y observó que el pequeño no era tan feo como al principio le había parecido—. ¡No hay duda, éste también es hijo mío! —agregó.

Después de que la familia hubo dado unas cuantas vueltas por el foso, la pata dijo:

—¡Bueno, basta por hoy! Ahora os llevaré a que conozcáis a vuestro padre. Apenas lo veáis estirad el cuello y sacudid las alitas en señal de saludo. Pero no os apartéis de mí y tened mucho cuidado con el gato.

La familia se encaminó hacia el gallinero y, una vez allí, la pata, con mucho orgullo, mostró alegre sus hijitos a las otras aves. Todos los miraron con cariño, pero viendo al patito feo, cuchicheaban, riéndose de su fealdad.

El pato padre se acercó al pequeño y le dio un picotazo.

—¡No le peguéis! —dijo entonces la mamá—. ¿Qué mal os ha hecho el pobre?

—¡Ninguno! Pero es tan horriblemente feo que no pude resistir la tentación de castigarlo.

A pesar de su enojo el pato dijo que podían permanecer en el corral.

Mas como el pequeño seguía siendo el blanco de las burlas y de los picotazos, una tarde en que mamá se descuidó, se escapó por una abertura que encontró.

Caminó mucho, hasta cansarse. Y cuando ya se acercaba la noche llegó a una laguna desconocida. Como el patito tenía sueño, se echó sobre unos pastos para esperar la mañana siguiente. Al salir el sol, dos patos silvestres se le acercaron y, entre bromas y risas, dijo el primero:

—¡Mira qué feísimo es!...

—¡Cierto, qué ridículo es el bicho! —contestó otro.

—¡Dios mío! ¿Qué culpa tengo de mi fealdad? —se quejó el patito.

De pronto, sonaron unos disparos junto a la laguna. Los dos patos silvestres trataron de escapar, pero dos certeros tiros los abatieron.

El patito, mientras tanto, se encogió y trató de ocultarse entre los pastos. Así quedó temblando de miedo, hasta que, al darse la vuelta. vio con susto que un perro con cabeza muy grande lo estaba mirando. Creyó que los afiladísimos dientes del perro lo despedazarían, perc el animal dio media vuelta y se alejó.
—¿Pero será posible que sea tan feo que ni los perros se atreven a morderme? —dijo. mientras seguían sonando los tiros.
Pasaron muchas horas antes de que tuviera ánimo para seguir el camino; ya anochecía cuando divisó una casita oculta entre los árboles. Hacia ella se dirigió, penetró y se acurrucó en un oscuro rinconcito. Como estaba cansado se quedó profundamente dormido.

En aquella casita vivía una viejecita que tenía un gato y una gallina. Al amanecer

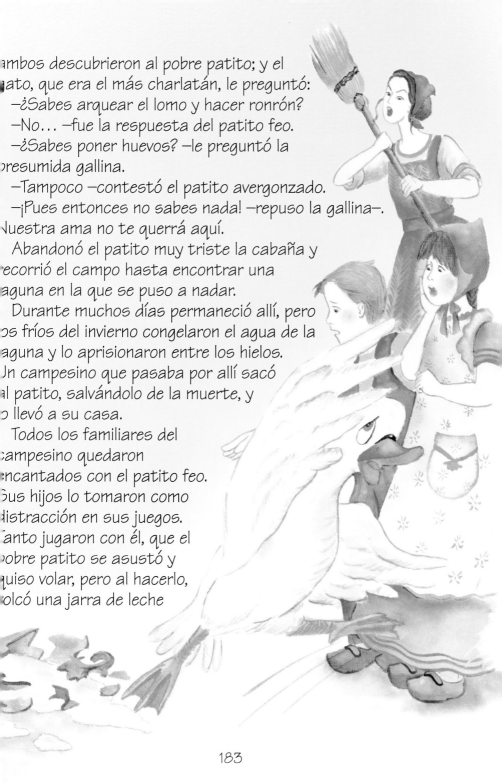

ambos descubrieron al pobre patito; y el
gato, que era el más charlatán, le preguntó:

—¿Sabes arquear el lomo y hacer ronrón?

—No... —fue la respuesta del patito feo.

—¿Sabes poner huevos? —le preguntó la
presumida gallina.

—Tampoco —contestó el patito avergonzado.

—¡Pues entonces no sabes nada! —repuso la gallina—.
Nuestra ama no te querrá aquí.

Abandonó el patito muy triste la cabaña y
recorrió el campo hasta encontrar una
laguna en la que se puso a nadar.

Durante muchos días permaneció allí, pero
los fríos del invierno congelaron el agua de la
laguna y lo aprisionaron entre los hielos.
Un campesino que pasaba por allí sacó
al patito, salvándolo de la muerte, y
lo llevó a su casa.

Todos los familiares del
campesino quedaron
encantados con el patito feo.
Sus hijos lo tomaron como
distracción en sus juegos.
Tanto jugaron con él, que el
pobre patito se asustó y
quiso volar, pero al hacerlo,
volcó una jarra de leche

que estaba sobre la mesa. La campesina, enojada, le iba a dar un escobazo, pero el patito consiguió escapar.

Una tarde en que lloraba su desventura junto a unos pastos, vio a unos majestuosos cisnes que se deslizaban silenciosos por el agua.

—¡Me acercaré a esos hermosos animales! —dijo el patito—. Me darán muchos picotazos, pero no importa; prefiero morir de una vez.

Y sin titubear se arrojó al estanque. Los cisnes se vinieron nadando hacia él. Ya se disponía a ocultar su cabeza debajo del ala, esperando la muerte, cuando vio reflejada su imagen en el agua.

¡Qué gran sorpresa! ¡Él no era ya un patito feo, sino un hermoso cisne! Al mismo tiempo dos niños llegaron corriendo hasta el estanque y gritaron contentos:

—¡Hay otro cisne y es más bello que los otros!

Y mientras los viejos cisnes se acercaban para acariciarlo, el patito feo, ya muy feliz al saber que era un precioso cisne, con orgullo y elegancia, levantó su cabeza y se puso a nadar.

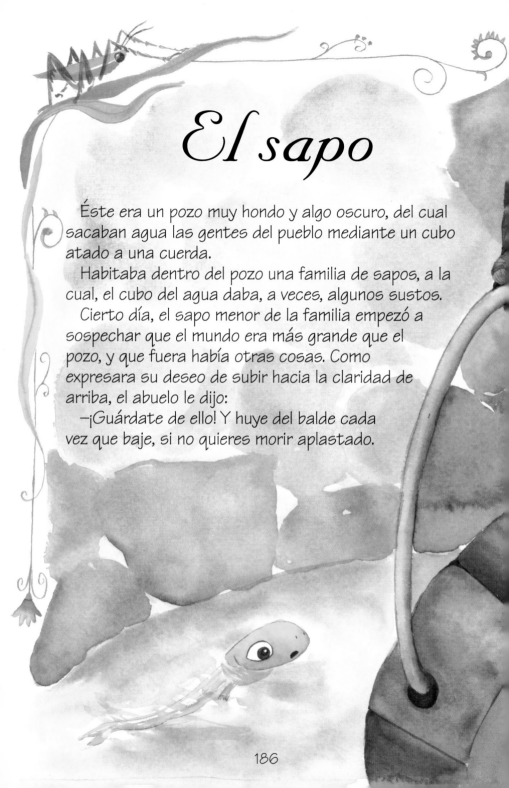

El sapo

Éste era un pozo muy hondo y algo oscuro, del cual sacaban agua las gentes del pueblo mediante un cubo atado a una cuerda.

Habitaba dentro del pozo una familia de sapos, a la cual, el cubo del agua daba, a veces, algunos sustos.

Cierto día, el sapo menor de la familia empezó a sospechar que el mundo era más grande que el pozo, y que fuera había otras cosas. Como expresara su deseo de subir hacia la claridad de arriba, el abuelo le dijo:

—¡Guárdate de ello! Y huye del balde cada vez que baje, si no quieres morir aplastado.

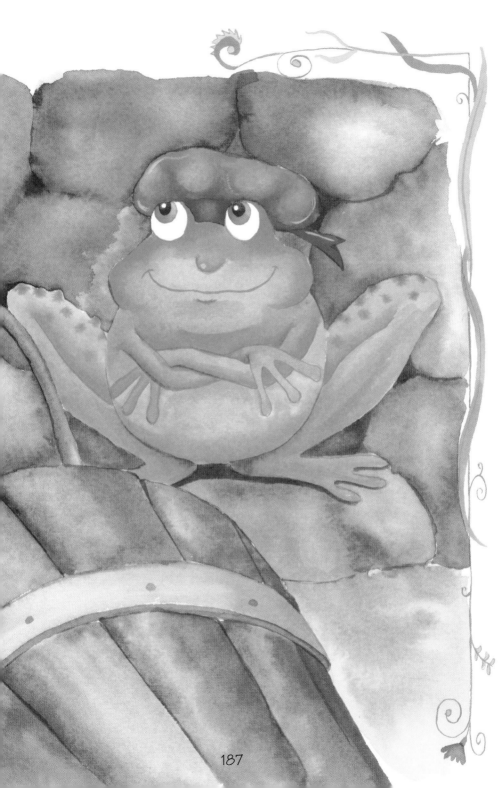

Pero el deseo podía más que el miedo en aquel sapo y no pensaba en otra cosa que en salir del pozo. La luz lo atraía y al ver que bajaba el cubo, se sintió como fascinado y saltó dentro de él, sin darse cuenta de lo que hacía.

—¡Qué animal tan feo! —dijo un mozo de labranza al verter e agua del cubo.

Y trató de aplastar al sapo con una pisada; pero el animal esquivó el zapato y fue a esconderse entre unas ortigas.

Después que se le hubo pasado el susto, alzó la cabeza y, a través de las ramas, miró al sol.

—¡Esto es más bello que el pozo!

Después de permanecer dos horas extasiándose con la luz del sol, decidió explorar el mundo y se fue brincando hasta un polvoriento camino.

Al llegar a la zanja, llena de lirios silvestres, se quedó contemplando una bandada de mariposas, que al sapo le parecían flores aéreas.

—¡Oh, si yo pudiese volar como ellas! ¡Cuán feliz sería!

Ocho días permaneció en la
\[gr\]anja, en donde halló alimento
\[a\]bundante. Al noveno día, dijo:

—¡Adelante!… Debo ir más lejos.

Y continuó su marcha, mirando con frecuencia al cielo,
extasiándose, todos los días, al ver cómo aparecía el sol y
extendía su luz por el espacio azul. La oscuridad de la noche
le hacía pensar que el mundo podía ser un gran pozo, y la luna,
\[u\]n brillante cubo de metal que subía de la tierra al cielo.

Esta idea despertaba en él el deseo de una nueva ascensión
\[h\]acia el espacio azul. Pero al ver el sol al día siguiente,
\[e\]xclamaba:

—¡Oh, éste es el cubo que va a lo alto! ¡Cómo reluce!

Luego, al verlo descender, decía:

—Ahora baja. Iré hacia allá para saltar en él. Deseo subir cada vez más.

Y empezó a avanzar decidido. Llegó, por fin, a una huerta y se detuvo a descansar.

—El mundo es grande y magnífico. ¡Qué hermosa verdura y qué sitio tan fresco y regalado! —dijo el sapito.

—¿A quién se lo cuentas? —dijo una oruga, que tenía su nido en una col—. Éste es el paraíso. Mi hoja es la mayor de todas y con ella puedo prescindir del resto del mundo.

—¡Cloc, cloc! —se oyó cerca de allí.

Era una bandada de gallinas que picoteaban por el suelo. Una de ellas vio a la oruga y se lanzó corriendo hacia ella. Del primer picotazo la tiró al suelo. La oruga, después de culebrear un rato, se enroscó, en tanto que la gallina la miraba, esperando ver en qué paraba aquella serie de contorsiones.

—¡Acabemos! —dijo, después de un breve instante, y adelantó el pico para engullirla.

Pero el sapo, compadecido de la oruga, dio un salto. Ante tan fea aparición se espantó la gallina y se fue a otro sitio cacareando.

—Esa oruga no me gusta. Tiene unos pelos de punta que me harían cosquillas en la garganta.

—¿Has notado mi astucia y mi serenidad? —preguntó la oruga al sapo, apenas se vio libre—. ¿Has visto de qué modo tan hábil me libré de ese monstruo?

El sapo felicitó a la oruga por escapar de una muerte segura y expresó su complacencia por haber espantado a la gallina con su fealdad.

—¡Pero qué estás diciendo! —repuso la oruga—. Yo sola me defendí y espanté a la gallina con mis contorsiones. Por lo demás, tienes razón: eres muy feo. Pero ¡calla!; aquí está mi col, que es mi bien y mi tesoro, y en ella me quedo.

Y el sapo siguió adelante.

Después miró hacia el cielo y vio un par de cigüeñas que tenían su nido en un tejado vecino.

«¡Qué día podré subir yo a la altura de esas aves!», pensó.

Habitaban bajo aquel tejado dos buenos amigos, poeta el uno y naturalista el otro. Paseábanse, a la sazón, por el huerto y el naturalista dijo:

—¡Mira este sapo! Voy a enfrascarlo en alcohol.

—Pero hombre, ¿no tienes ya otros dos ejemplares en tu museo? ¡Pobre animal! ¡Déjalo que goce de la vida!

—¡Pero es tan admirablemente feo! —insistió el naturalista.

—Si tuviésemos, siquiera, la seguridad de hallar en su cabeza la piedra filosofal…

—¡Bah! —dijo el sabio—. ¿También crees tú en esas sandeces?

—Respeto y admiro, por lo menos, esa creencia del vulgo. Vamos a ver, ¿por qué el sapo, ese horrible animal, no puede tener en la cabeza algún destello de luz? ¿Acaso no sucede lo mismo entre los hombres? Esopo y Sócrates eran poco menos que monstruos por su fealdad, y su genio brilla cada día más, a través de los siglos.

Distraído por la conversación del poeta, pasó de largo el
naturalista y pudo librarse el sapo de la muerte que lo
amenazaba.

En esto, se oyó un aleteo en el tejado. Era la cigüeña madre
que daba una lección a sus polluelos.

—¡Qué fatuos y presumidos son los hombres! —decía—. Oíd a
aquellos dos que charlan sin cesar. Su idioma y su facundia
os envanece. ¡Bonito idioma el de los hombres! A una jornada
de vuelo ya no se entienden los unos a los otros. Nosotros sí

nos entendemos así procedamos de la región del Norte, como
de los confines del África.

«¡Qué bien discurren esas aves», pensaba el sapo, «y qué
admirablemente vuelan!»

Y al decir esto seguía con la vista al macho, que se elevaba
majestuosamente por los aires.

En tanto, la cigüeña madre hablaba a sus pequeñuelos del
Egipto, de las aguas del Nilo y de su limo incomparable, que es
—les decía— un hervidero de ranas.

—¡Egipto…, el Nilo!… —decía el sapo—. ¡Cuánto me gustaría
visitar estos países! ¡Si una de esas cigüeñas quisiera
llevarme…! En verdad que me ha valido mucho esta eterna
aspiración que siento hacia lo bueno y lo bello. Sin ella, estaría
aún en el oscuro fondo del pozo.

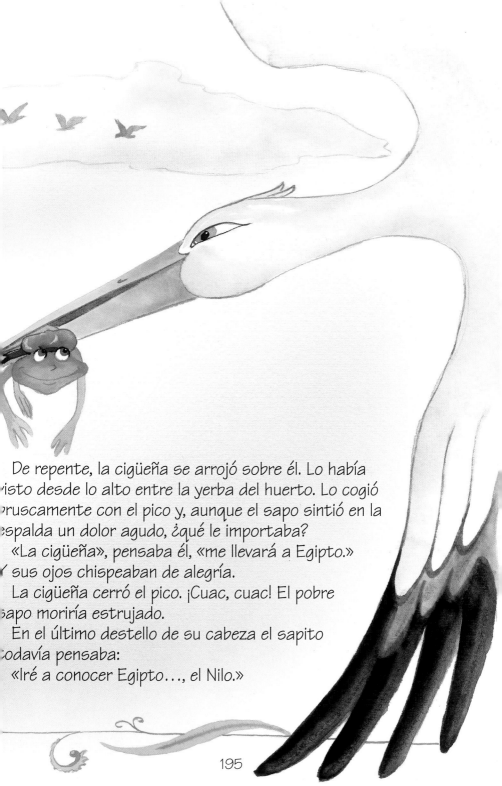

De repente, la cigüeña se arrojó sobre él. Lo había visto desde lo alto entre la yerba del huerto. Lo cogió bruscamente con el pico y, aunque el sapo sintió en la espalda un dolor agudo, ¿qué le importaba?

«La cigüeña», pensaba él, «me llevará a Egipto.» Y sus ojos chispeaban de alegría.

La cigüeña cerró el pico. ¡Cuac, cuac! El pobre sapo moriría estrujado.

En el último destello de su cabeza el sapito todavía pensaba:

«Iré a conocer Egipto…, el Nilo.»

La margarita
y la alondra

Fuera de la ciudad, a la sombra de algunos árboles, había una preciosa quinta rodeada de un jardín lleno de flores y cercado por una verja. Dentro del jardín había una mata de margarita. Una mañana de primavera esta flor abrió su capullo, y sus hojitas blancas y brillantes rodearon el pequeño sol amarillo que constituía el corazón de la corola. Así ataviada, la flor se enderezó contenta sobre su tallo para dar gracias al sol por el calor con que la vivificaba y para oír el canto de la alondra que cruzaba rauda el espacio.

La margarita estaba muy
contenta; sin embargo, era un lunes
cualquiera: los niños habían ido a la escuela y
mientras llenaban sus mentes de conocimientos y su
corazón de buenos sentimientos, la modesta flor aprendía a
conocer la bondad de Dios que se reflejaba en el sol y en la
naturaleza. No podía expresar con sonidos su
reconocimiento al Hacedor, pero sentía que la alondra lo
expresaba bien con sus alegres trinos. Así miraba con
admiración y cariño al feliz pajarillo, sin envidiarle, por
supuesto, ni sus alas, ni sus cantos.

«Veo y oigo», pensaba, «el sol me calienta y la brisa me
mece con dulzura. ¡Cuántos seres carecen de una dicha
semejante!»

Dentro del jardín había muchas flores y entre éstas se
envanecían más aquellas que tenían menos perfume. Las
peonías se hinchaban para parecer más grandes que las
rosas; los tulipanes se esforzaban por aumentar la viveza de
sus colores. Y así todas se sentían superiores a las demás
flores, sin dignarse, siquiera, a dirigir una mirada a la humilde

margarita, que las contemplaba con el mayor respeto, pensando: «¡Cómo brillan! ¡Qué colores tan vivos y hermosos! Sin duda, el alegre pajarillo desciende por ellas. ¡Alabado sea Dios, que me dio tan agradable vecindad! Así podré admirar, a mi gusto, al inspirado cantor!»

Llegó, en efecto, la alondra cantando su alegre himno; pero no detuvo su vuelo entre las peonías ni entre los tulipanes; pasó sobre la verja y fue a posarse sobre la yerba, dando graciosos brincos enrededor de la pobre margarita, que apenas se daba cuenta de lo que estaba viendo.

El pajarillo cantaba entonces:

—¡Qué fresca y suave está la yerba! ¡Oh, qué preciosa florecilla! ¡Tiene el corazón de oro y su vestido es de plata!

La dicha de la flor fue mayor cuando la alondra la acarició con el pico, dedicándole una de sus más deliciosas canciones. Luego se remontó por los aires.

Más tarde tuvo la flor una gran pena al ver que una niña armada de enormes tijeras que brillaban a la luz del sol, fue cortando los más bellos tulipanes y otras lindas flores del jardín.

«¡Qué desgracia!», se decía, «verse así segadas cuando les era más grata la vida.»

A la mañana siguiente abrió la flor sus blancos pétalos para saludar al sol y oyó el acento de la alondra, que en vez de cantar gemía melancólicamente. ¡La habían cogido y encerrado en una jaula!

Bien hubiera querido la margarita ayudar al pobre pájaro cautivo, pero nada podía hacer, bien lo sabía.

Al poco rato salieron dos niños del jardín, dirigiéndose hacia donde la margarita estaba, y uno de ellos con un enorme cuchillo.

—Aquí —dijo uno— formaremos un buen asiento para la jaula.

Y empezó a podar la yerba alrededor de la margarita.

—¡Corta la flor! —gritó el otro.

—No, dejémosla —repuso el primero—. Aquí, en el centro, está muy bien.

Y por un capricho infantil, no exento de arte y buen gusto, introdujeron la margarita y su tallo por entre los alambres de su jaula.

El pobre pajarillo golpeaba con sus alas los alambres de su cárcel. La margarita tuvo pena de no poseer el don de hablar para consolar a la desventurada prisionera.

—No hay aquí agua y me muero de sed —dijo la alondra—. Tengo fiebre, me ahogo. Voy a morir y no admiraré más la inmensa naturaleza.

Y fijándose en la margarita, le dijo:

—¡Desventurada flor! También tú te secarás en este terrible calabozo. Vas a morir por mí. Aquí me trajeron para que con tu presencia y la de estas yerbas no echara de menos la campiña por donde antes volaba libre y feliz.

La flor hizo un esfuerzo supremo e hizo brotar de su corazón amarillo alguna humedad, que bañó dulcemente el sediento pico de la alondra.

Llegada la noche, tendió el ave sus bellas alas, las sacudió convulsivamente, lanzó un débil gemido, inclinó la cabeza sobre la flor y murió de pena y sed.

La margarita ya no pudo cerrar sus pétalos para dormir. Y apesadumbrada y mustia se inclinó dulcemente sobre su tallo para siempre.

Los niños, cuando llegaron ruidosos a la mañana siguiente, al ver el triste cuadro que ofrecían la alondra y la margarita lloraron acongojados. Cavaron luego en el jardín una pequeña fosa, encerraron a la alondra en un rojo estuche de seda y la depositaron en el hueco, echando encima la mustia margarita. Luego se santiguaron y, puestos de hinojos, juntando sus manecitas, musitaron una oración.

La princesa y el guisante

Además de abundantes duendes y hadas, de brujas y hechiceras, en aquellos viejos tiempos había también muchas más princesas de las que hay ahora; pero no todas eran verdaderas princesas y sucedía a menudo que los príncipes se llevaban chascos al desposarse con una mujer que de princesa sólo tenía la pinta y el nombre.

Como la mayor desgracia para un príncipe es casarse

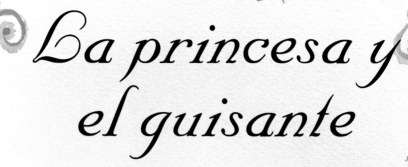

con una falsa princesa, nuestro personaje, sobre quien vamos a tratar, comenzó a buscar esposa por todos los países del mundo. Pero por más que buscó y buscó, no logró conseguirla, y tuvo que volverse a palacio. El príncipe se desesperaba porque no existiera una mujer digna de su estirpe, cuando, una noche en que había estallado una tremenda tempestad y la lluvia caía a chorros en medio de vivísimos relámpagos y espantosos truenos, llamaron a la puerta del

palacio con fuertes aldabonazos. La reina en persona acudió a abrir y se encontró frente a una joven de deslumbrante belleza, con las ropas tan empapadas por la lluvia que se podía admirar su bello cuerpo. Tenía desgreñada su rubia cabellera, lo cual hacía difícil adivinar si se trataba de una princesa o de una hermosa campesina.

La reina le dirigió algunas preguntas y la joven le contestó que ella era una verdadera princesa que se había extraviado.

—¿Una verdadera princesa? —repitió la soberana con duda

Pero la hermosa joven siguió afirmando que en verdad lo era y que su actual situación se debía a que había salido de caza y se había extraviado en el bosque. En el estado en que se encontraba era como para ponerlo en duda, pero la reina, que deseaba ardientemente encontrar una

digna esposa, pensó que lo más cuerdo era someterla a
una prueba.

De este modo, mientras el rey y el príncipe atendían a la
joven para que se secara junto al fuego de la chimenea, la reina
se dirigió al cuarto de los huéspedes y, deshaciendo la cama,
colocó en el centro de ella un guisante; luego puso encima otro
colchón y muchos almohadones de plumas. Allí era donde debía
dormir aquella noche la joven extraviada, que decía ser una
verdadera princesa.

La reina se guardó de decir a
nadie lo que había tramado,
de modo que cuando hubo
arreglado la cama, bajó
al salón, donde se
había organizado
una pequeña
fiesta en honor de
la visitante.

Y a la mañana siguiente, mientras desayunaban juntas, preguntó la reina a la bella huésped:

—¿Habéis descansado bien, princesa?

—¡No, ha sido horrible! —contestó—. Apenas si he podido pegar los párpados una vez en toda la noche. En la cama había un objeto tan duro que hasta tengo el cuerpo lleno de moratones.

La reina comprendió, entonces, que se trataba de una auténtica princesa, porque nadie sino una princesa de verdad puede tener la piel tan delicada como para notar un guisante a través de una capa de colchón y muchos almohadones Se apresuró a comunicárselo al rey y a su hijo el príncipe.

Como además de ser una verdadera princesa, la joven era increíblemente bella, según pudo apreciar el príncipe cuando la vio con sus vestidos planchados y su rubia cabellera recogida en gracioso moño prendido con alhajas de oro y perlas, se apresuró a rogarle que fuera su esposa. La princesa accedió gustosa porque el príncipe era apuesto y cordial y, además, le había caído en gracia.

Las bodas se celebraron con gran boato, como correspondía a dos verdaderos príncipes, y cuando murieron los reyes, la verdadera princesa subió al trono con su esposo y gobernaron durante muchos años en medio de la general simpatía del pueblo, que no podía olvidar que su soberano había sabido elegir la más bella y virtuosa esposa.

Y cuentan las crónicas que la reina ordenó que el guisante aquel de su noche de hospedaje fuese depositado en una caja de cristal en medio de finísimo terciopelo. El modesto guisante tenía para ella el valor de la más valiosa de las joyas. Y no carecía de razón, pues por él consiguió un buen esposo y un trono; y lo que es más: el corazón del pueblo.

La camisa

Eran los tiempos aquellos en que poderosos señores eran dueños absolutos de dilatadas tierras y sostenían ejércitos para defender sus personas y haciendas.

Uno de estos terratenientes era el conde Zufog, quien, además de indolente, era muy avaro. No contento con las enormes propiedades que poseía, Zufog decidió adueñarse de las de un vecino suyo, tan bondadoso y caritativo que usaba el dinero que le daban sus feudatarios en pago de un bajísimo arrendamiento para remediar las necesidades que originaban a veces las malas cosechas o las enfermedades de los arrendatarios.

Este buen hombre, cuyo nombre era
Ivanhoe, no poseía ejército alguno para
la defensa de sus tierras, ya que sabía
que sus colonos le querían tanto que su
menor deseo era para ellos una orden.

A los oídos de ese señor llegaron un día
noticias de los planes del feroz Zufog. Los
colonos de Ivanhoe se ofrecieron para
salir armados al campo y luchar contra
el invasor pero Ivanhoe les dijo:

—Me apena bastante que la ambición
se haya adueñado del corazón del
conde Zufog; sin embargo, no deseo
que por mi causa se derrame
sangre. Que vaya mi
administrador al castillo de
Zufog y le diga que le doy todas
mis tierras, a condición de que
no haga daño a mis colonos,
ni luche contra ellos.

Después, que me señale un
sitio donde poder acabar mis
días y allí iré a vivir.

Su autoridad era tan
grande que al fin se hizo lo
que Ivanhoe deseaba. Llegó
su emisario a presencia del
avaro Zufog y éste,
después de oírle, ordenó
orgulloso:

—Decid a quien hasta hoy fue
vuestro dueño, que puesto

que no tiene autoridad para mandaros ni para
hacerse respetar, le enviaré a los montes de
este gran condado mío que hoy domino, para
que allí cuide de los cerdos comiendo lo mismo
que ellos comen.

El mensajero retornó lleno de tristeza y
comunicó a su amo la decisión del indolente
Zufog. Los colonos protestaron y
manifestaron sus renovados deseos de
luchar contra el invasor; pero Ivanhoe les
convenció para que permanecieran
tranquilos y, luego de despedirse de
ellos, se encaminó a su destierro.

Entretanto, el malvado Zufog, para celebrar
su nueva conquista, organizó
una cacería. Pero al perseguir
un venado, el caballo tropezó
y el jinete cayó al suelo,
con tan mala suerte
que quedó
privado del

conocimiento, y así fue conducido a su castillo. Allí recobró el sentido, pero no la salud. Y así pasaron varios meses hasta que un médico dijo que volvería a estar bien si se ponía la camisa de un hombre feliz.

Se mandaron mensajeros por todas partes en busca de tal prenda, mas ninguno consiguió encontrarla. Sin embargo, uno de los emisarios, cuando descansaba en el bosque, oyó una voz, la del buen Ivanhoe, que decía:

—Los árboles me dan sus frutos, las fuentes cristalinas apagan mi sed y este bello paisaje deleita mi espíritu. ¿Qué más pedir? ¡Puedo considerarme feliz!

El mensajero que oyó esto corrió al palacio y dijo a su amo:

—Señor: acabo de encontrar el hombre feliz. Vive en el bosque que se ve desde aquí.

El conde mandó que le llevaran al bosque lo más pronto posible y, una vez en él, se dirigió al hombre feliz.

¡Cuál no sería su sorpresa al reconocer al buen Ivanhoe, a quien, en forma inmisericorde, había despojado de todos sus bienes! No repuesto todavía de su sorpresa, exclamó:

—¡Oh! ¿Eres tú el hombre feliz?

—Sí —contestó lacónicamente el buen Ivanhoe.

—¡Dame, entonces, tu camisa para que yo me la ponga!
¡Te daré, a cambio, la mitad de mis riquezas!

Mas Ivanhoe, el hombre feliz, no tenía camisa.

El malvado conde retornó a su castillo, cada vez más
enfermo y apesadumbrado. Hasta que, una noche, víctima de
sus amargos remordimientos, murió.

Extendida por las dos heredades la fama de la virtud de
Ivanhoe, todos le proclamaron como dueño absoluto de
aquellas tierras, que primero conquistó la avaricia y
luego consolidó la bondad.

El porquerizo

En un lejano país hubo un príncipe muy simpático, que poseía innumerables cualidades físicas y morales, pero no muy rico, pues sus propiedades eran modestas.

Un día llegó a sus manos el retrato de la hija del Emperador y se quedó prendado profundamente de ella. Se decía:

—¡Me gustaría casarme con esa linda joven!

Y pensando cómo obsequiarle con algo que le halagase, ya que no estaba en su capacidad enviarle una diadema de perlas, decidió mandarle la única rosa que crecía en el rosal más bonito del jardín de su palacio y, asimismo, un ruiseñor que cantaba de modo tan maravilloso que deleitaba a quien le oía.

El príncipe en persona fue a dejar sus presentes a la hija del Emperador y pidió audiencia para ser recibido por ella. La princesa recibió los obsequios en dos cajas primorosamente arregladas.

«¿Qué será…?», pensaba la princesa con las dos cajas en la mano, rodeada de sus damas de honor.

—¡Abridlas, señora! —dijo una de las damas— y así sabremos de inmediato qué hay dentro.

Abrieron la primera y apareció la rosa.

—¡Oh! —exclamó defraudada la princesa—. Es sólo una rosa, realmente muy linda, pero rosa tan sólo.

Presurosa, abrió la segunda caja, de la cual salió el
ruiseñor, que hizo oír sus más deliciosos trinos. Todos los
escucharon embelesados, pero la princesa, alegando que
esos trinos le recordaban a su mamá fallecida, mandó que
regalasen el ruiseñor a su doncella, y no
concedió la audiencia del príncipe.

Éste no perdió su ánimo; se tiñó la
cara de negro, se vistió con pobres
ropas y se presentó en palacio:

—Desearía trabajar para
nuestro señor, el Emperador.

—¡Con esta facha? —le respondieron burlándose de él—. Sólc hay un puesto de pastor de cerdos, si lo deseas.

El príncipe lo aceptó en aras de su plan.

Durante el día cuidaba los cerdos del Emperador y por la noche se entretenía en su choza fabricando una olla, pero no una olla común y corriente, sino una olla maravillosa. Alrededor de esta olla había varias campanitas que tintineaban tan pronto como el agua de la olla hervía y, además, poniendo un dedo sobre el vapor que salía de ella, se podía saber qué clase de sopa se comía en toda la ciudad, desde la más opulenta cocina hasta la del más modesto súbdito.

Un atardecer en que la princesa paseaba por el jardín, oyó la música de la olla maravillosa.

«¡Qué música tan deliciosa!», pensó. «¡Cuánto daría yo por poseer el instrumento que la toca!»

Y envió a una de sus damas para que lo comprara.

—Sólo daré mi olla —expuso el porquerizo—, si la princesa permite que le bese diez veces su mano.

—¡Qué ocurrencia tan rara! —protestó indignada la princesa—. ¡Besarme un porquerizo!

Y se marchaba enfurecida, cuando volvió a sonar la tonadilla. Sin poderlo remediar, la caprichosa princesa accedió a la petición del porquerizo. Éste le besó la mano diez veces y ella se llevó la olla, con la que se entretuvo durante bastante tiempo.

Luego el porquerizo construyó un instrumento que, al hacerlo girar, tocaba todos los valses y polkas de moda.

—¡Qué música tan alegre! —dijo la princesa al oírla—. ¡Da ganas de bailar!

E hizo preguntar al porquerizo qué deseaba por el instrumento.

—Deseo besar cien veces su mano —contestó él, ya más alentado en sus pretensiones.

—¡Cien veces! —exclamó disgustada la princesa—. Que me bese a mí diez veces y noventa a una de mis damas.

Pero el porquerizo no aceptó, y ella, por conseguir su propósito, accedió a que le besara cien veces la mano.

Dio la casualidad de que, mientras el porquerizo besaba la mano de la princesa, el Emperador, que pasaba cerca del lugar, vio la escena. Fuera de sí, gritó indignado:

—¡Vete fuera de mi palacio! —gritó a su hija, al ver que se dejaba besar por un porquerizo—. ¡No mereces ser mi sucesora! ¡Estás humillando mi estirpe!

Y cuando ella se marchaba llorando, el porquerizo, vestido de príncipe otra vez, le dijo:

—Adiós, princesa. No habéis querido admitir mi amor, pero habéis aceptado los besos de un porquerizo, sólo por satisfacer un capricho. ¡No merecéis ser mi esposa!

Y así, la caprichosa y orgullosa princesa se quedó soltera toda su vida, pues nadie quiso casarse con ella.

De esta forma, aprendemos que no es bueno dejarse llevar por raros y pequeños caprichos.

Cinco guisantes

Cinco guisantes estaban dentro de una misma vaina.
Eran verdes, la vaina era también verde y por eso creían que
todo el mundo era verde.

Creció la vaina y crecieron también los guisantes,
colocados en fila. El sol calentaba la vaina y la lluvia la iba
haciendo transparente.

Los guisantes veían entonces más claro y con la madurez
llegaron a pensar que tenían alguna misión que cumplir.

—¿Querrá Dios tenernos siempre inmóviles? —decía uno de
ellos—. Me parece que ha de haber alguna cosa fuera de esta
cáscara que nos encierra.

Pasaron algunas semanas y los guisantes y la vaina se
amarillearon.

—Ahora todo el mundo es amarillo —decían.

De pronto, sintieron una brusca sacudida: era una mano
humana que arrancaba del arbusto la vaina de los cinco
guisantes y la metía en un saco con otras de su misma clase.

—Gracias a Dios que nos sacaron por fin de aquí
—exclamaron a una voz los cinco guisantes.

—Lo que yo quisiera saber —dijo el que era más pequeño— es
cuál de nosotros desempeñará mejor papel en el mundo.

—Sucederá lo que haya de suceder —dijo el mayor.

Y ¡crac!, se abrió la vaina. Los cinco guisantes vieron por primera vez la luz del día y cayeron, rodando, en las manos de un muchacho travieso.

—¡Qué buenos guisantes para mi escopeta! —dijo deslizando uno en el cañón y disparando al terminar la frase.

Y tiró los cuatro restantes en dirección distinta.

Cada cual iba haciendo cálculos acerca de su destino, menos el mayor de todos, que repetía con frecuencia: «Sucederá lo que haya de suceder».

Y fue a caer sobre el tejado de una casa vecina, encajándose en la hendidura de una tabla, al pie de la ventana de una buhardilla.

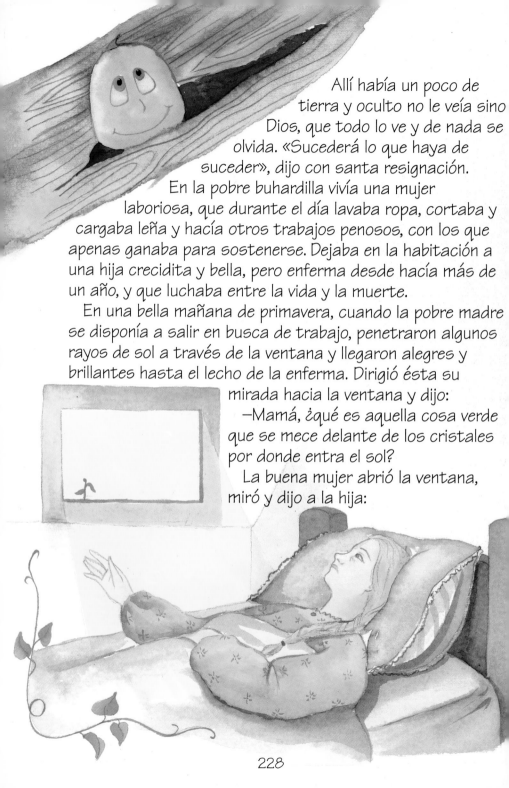

Allí había un poco de tierra y oculto no le veía sino Dios, que todo lo ve y de nada se olvida. «Sucederá lo que haya de suceder», dijo con santa resignación.

En la pobre buhardilla vivía una mujer laboriosa, que durante el día lavaba ropa, cortaba y cargaba leña y hacía otros trabajos penosos, con los que apenas ganaba para sostenerse. Dejaba en la habitación a una hija crecidita y bella, pero enferma desde hacía más de un año, y que luchaba entre la vida y la muerte.

En una bella mañana de primavera, cuando la pobre madre se disponía a salir en busca de trabajo, penetraron algunos rayos de sol a través de la ventana y llegaron alegres y brillantes hasta el lecho de la enferma. Dirigió ésta su mirada hacia la ventana y dijo:

—Mamá, ¿qué es aquella cosa verde que se mece delante de los cristales por donde entra el sol?

La buena mujer abrió la ventana, miró y dijo a la hija:

—Pues, hijita, es un guisante que ha germinado ahí y está lleno de hojitas verdes. ¡No sé cómo ha aparecido! Pero, alégrate, hija mía, que ya no quedarás tan sola. Esta mata será tu distracción.

Y acercó hacia la ventana el lecho de la enferma para que pudiera observar el crecimiento de la planta, y se fue a trabajar como de costumbre.

Cuando regresó, al atardecer, su hija estaba más alegre, y le dijo:

—Mamá, siento que me voy a restablecer: el Sol, con su luz y su calor, me está reanimando. Veo que el guisante va bien y yo haré como el guisante: me levantaré de la cama y daré gracias a ese sol tan bueno que me devuelve la vida.

Dudaba la madre de que se realizara ese milagro, pero guiada por una fuerza interior puso una varilla a la mata, para evitar que el viento la echara abajo, y ató cerca de ella un hilo para que se enroscara cuando se fuese desarrollando. El guisante, por supuesto, no despreció tan buenos cuidados.

La niña, en tanto, mejoraba visiblemente.

—Es maravilloso, hija mía —le dijo una mañana la madre—. El guisante está echando brotes. ¿De dónde toma savia y fortaleza para crecer tanto?

Al cabo de una semana la muchacha se levantó por primera vez y permaneció más de una hora fuera de la cama, bañándose en la luz de aquel sol benéfico. El guisante ostentaba aquel día su primera flor, blanca y sonrosada, en cuya corola puso la niña un beso.

La madre, llena de alegría exclamó:

      —Nada más que la bondad de Dios pudo depositar este guisante en la hendidura de la ventana.

Y contempló, sonriendo, la delicada flor, como si fuera un ángel bajando del cielo.

De los otros cuatro guisantes sólo se tuvieron breves noticias. El primero fue a caer en un tejado y una paloma se lo comió. El segundo y el tercero sirvieron, con otros muchos, para un guisado, y el cuarto había caído en un canalón, donde estaba todavía cubierto de lodo y agua impura.

Y mientras la joven, llena ya de salud, alzaba sus manos sobre el florecido guisante, dando gracias a Dios por habérselo enviado, el canalón mecía de forma vanidosa su guisante estéril, como diciendo insensatamente:

—El mío es el mejor.

índice